हिन्द पॉकेट बुक्स

सूर्य किरण चिकित्सा

(रंग-चिकित्सा)

मोहनलाल कठोतिया धार्मिक प्रवृत्ति के इनसान थे। आपने कई अच्छी पुस्तकें लिखी, जिनका विषय धर्म संस्कृति, समाज सेवा और चिकित्सा क्षेत्र को बनाया है। मोहनलाल कठोतिया सेवा कोष द्वारा प्रति वर्ष नगद राशि वाला प्रेक्षा पुरस्कार भी प्रदान किया जाता है।

सूर्य किरण चिकित्सा

(रंग चिकित्सा)

डॉ. मोहनलाल कठोतिया

हिन्द पॉकेट बुक्स
पेंगुइन रैंडम हाउस इम्प्रिंट

हिन्द पॉकेट बुक्स

यूएसए। कनाडा। यूके। आयरलैंड। ऑस्ट्रेलिया। सिंगापुर
न्यू ज़ीलैंड। भारत। दक्षिण अफ़्रीका। चीन

हिन्द पॉकेट बुक्स, पेंगुइन रैंडम हाउस ग्रुप ऑफ़ कम्पनीज़ का हिस्सा है,
जिसका पता www.hindpocketbooks.com पर मिलेगा

पेंगुइन रैंडम हाउस इंडिया प्रा. लि.,
चौथी मंजिल, कैपिटल टावर 1, एमजी रोड,
गुरुग्राम 122002, हरियाणा, भारत

हिन्द
पॉकेट
बुक्स

प्रथम संस्करण 2002 में हिन्द पॉकेट बुक्स द्वारा प्रकाशित
यह संस्करण 2019 में प्रकाशित

10 9 8 7 6 5 4 3 2

इस पुस्तक में व्यक्त विचार लेखक के अपने हैं, जिनका यथासंभव तथ्यात्मक
सत्यापन किया गया है, और इस संबंध में प्रकाशक एवं सहयोगी
प्रकाशक किसी भी रूप में उत्तरदायी नहीं हैं।

ISBN 9789353490690

मुद्रकः रेप्रो इंडिया लिमिटेड

www.penguin.co.in

FSC www.fsc.org MIX Paper from responsible sources FSC® C047271

This is a legitimate digitally printed version of the book and therefore might not
have certain extra finishing on the cover.

क्रम

स्वकथ्य

योग, ध्यान और अध्यात्म का साधक रंगों में क्यों उलझ गया? अध्यात्म की साधना को छोड़कर भौतिकता की ओर क्यों मुड़ गया? आखिर इस रंग–चिकित्सा में ऐसा कौन-सा आकर्षण था? इन प्रश्नों का उत्तर खोजना होगा।

मैं जब ध्यान की गहराई में उतरा तो शरीर से निकलने वाले विभिन्न रंगों के दर्शन होने लगे। मुझे अनुभव हुआ कि शरीर, वाणी और मन के ही नहीं अपितु हमारी भावना के सम्पूर्ण प्रकम्पन भी रंगीन होते हैं। हमारा पूरा आभामंडल भी मात्र रंगों की ही छाया है।

प्रेक्षाध्यान का एक अंग है–लेश्याध्यान। उसकी साधना से प्रत्यक्ष प्रतीत होता है कि रंगों पर ध्यान करने से हम अपने शरीर, मन और भावनाओं को विशुद्ध व स्वस्थ बना सकते हैं। मुझे यह कहने में कोई झिझक नहीं है कि प्रेक्षाध्यान समग्र जीवन को विशुद्ध बनाने वाली अमोघ चिकित्सा है।

रंग-चिकित्सा केवल स्थूल शरीर को रोगमुक्त करने का साधन ही नहीं है, बल्कि इस चिकित्सा में रंगों के प्रयोग द्वारा व्यक्ति की प्रकृति का परिवर्तन सर्वथा सम्भव है। इससे क्रोध, भय, चिंताजनित

उत्तेजना को शांत किया जा सकता है। रंगों के प्रभाव से भावनाएं शुद्ध हो जाती हैं।

प्रेक्षाध्यान और रंग-चिकित्सा के संयोग से शारीरिक, मानसिक और भावात्मक–तीनों प्रकार के स्वास्थ्य की प्राप्ति सरलता से हो जाती है। शरीर, मन और भावनाओं का इतना घनिष्ठ सम्बंध है कि शरीर के स्वस्थ हुए बिना मन, और मन के शुद्ध हुए बिना भावनाएं शुद्ध नहीं होतीं। भावना की शुद्धि होने से मन, और मन की शुद्धि होने से शरीर शुद्ध एवं स्वस्थ होता है। यह एक त्रिक चक्रव्यूह है, जिसे तोड़ा नहीं जा सकता। इसलिए इन तीनों को एक साथ स्वस्थ बनाने के लिए ध्यान का अभ्यास आवश्यक है। कुछ वर्षों पूर्व संयोगवश डॉ. डी. एन. नारंग से मेरा सम्पर्क हुआ। वे रंग-चिकित्सा में निष्णात और अनुभवी डॉक्टर हैं। डॉ. नारंग विगत पचास वर्षों से रोगियों की निःशुल्क चिकित्सा करते आ रहे थे। उन्होंने सैकड़ों विद्यार्थियों को सेवाभाव से चिकित्सा का प्रशिक्षण दिया। उन्हें गुरुवत् मानकर मैंने रंग-चिकित्सा के अंग्रेजी भाषा के अनेक उच्चकोटि के ग्रंथों का अध्ययन भी किया। उन ग्रंथों से प्राप्त तथ्यों पर मनन करने से मेरी धारणा अधिक स्पष्ट हुई कि हमारे शरीर, मन और भावनाओं पर रंगों का महत्त्वपूर्ण प्रभाव पड़ता है। मैंने यह सारी बात अपने ध्यानगुरु श्रद्धेय युवाचार्य श्री महाप्रज्ञ को बताई और उनको रंग–चिकित्सा को कुछ पुस्तकें भी दिखलाईं। वे तत्काल इस चिकित्सा की उपयोगिता को समझ गए। उनकी प्रेरणा से और उनके निर्देशन में होने वाले ध्यान–शिविरों में मैंने इस चिकित्सा का उपयोग किया। संक्षिप्त प्रशिक्षण और शिविरार्थियों की शारीरिक एवं मानसिक कठिनाइयों की चिकित्सा करना भी प्रारम्भ कर दिया गया। परिणाम आशातीत रूप से सफल रहे। तब से अध्यात्म साधना केंद्र, दिल्ली में चिकित्सा के प्रयोग और

प्रशिक्षण का काम बराबर हो रहा है। जब इस चिकित्सा की स्वाभाविकता, सूक्ष्मता एवं सरलता के प्रति मेरा अनुभव और विश्वास बढ़ गया तो मैंने चार पृष्ठों का एक साधारण फोल्डर केंद्र की ओर से प्रकाशित किया। इसमें इस चिकित्सा के सभी पहलुओं का संक्षिप्त सार आ गया जिसे पढ़कर एक साधारण समझ वाला व्यक्ति भी इस चिकित्सा का लाभ ले सकता है। फोल्डर की हजारों प्रतियां निःशुल्क वितरित की गईं और आज भी उसकी मांग कम नहीं हुई है।

यह न्यूनतम खर्च वाली चिकित्सा है। यह इसकी ऐसी विशेषता है जो भारत जैसे गरीब देश के लिए वरदानस्वरूप है। मेरा दृढ़ विश्वास है कि यह चिकित्सा हमारे देश में शीघ्र ही बहुत विस्तार पा जाएगी। इस विचार से तथा कतिपय मित्रों के आग्रह पर ही मैंने यह छोटी-सी पुस्तक लिखने का साहस किया है। यदि पाठकों के लिए यह पुस्तक रंग-चिकित्सा द्वारा स्वास्थ्य प्राप्त करने में यत्किंचित भी उपयोगी साबित हुई, तो मैं अपना श्रम सफल समझूंगा।

इस पुस्तक के सम्पादन में श्री बुद्धमल शामसुखा का योगदान मिला है। वे रंग-चिकित्सा के प्रति आग्रही हैं। मैं उनका आभारी हूं।

कठोतिया भवन **मोहनलाल कठोतिया**

1532, चंद्रावल रोड

दिल्ली-110007

भूमिका

सूर्य किरण चिकित्सा साधना केंद्र की एक प्रवृत्ति है। लगभग दस वर्ष पहले दादाजी ने इसे केंद्र से जोड़ा था। यह रंग-चिकित्सा पद्धति अत्यंत सरल, प्रभावी, निरापद, अल्पव्ययसाध्य एवं प्राकृतिक है। इससे प्रभावित होकर दादाजी ने इस पद्धति से अपना, केंद्र के साधकों का व आस-पास के क्षेत्र के लोगों का उपचार किया। इस उपचार से कुछ क्षेत्रों में आशातीत सफलता मिली है। केंद्र में यह चिकित्सा–कार्य निःशुल्क सेवा के रूप में चलाया जा रहा है।

जब हम विदेश-यात्रा पर गए, अमेरिका व इंग्लैंड में रंग–चिकित्सा पर अच्छी शोधपूर्ण पुस्तकें हमें देखने को मिलीं। कुछ पुस्तकों को हम क्रय करके भी लाए। विदेशों में हमने प्रेक्षाध्यान के साथ–साथ रंग–चिकित्सा व रंगों के ध्यान आदि के प्रयोग भी कराए। भाग लेने वाले लोग काफी प्रभावित हुए।

यात्रा से लौटने के बाद मैंने तथा अन्य काफी लोगों ने दादाजी से अनुरोध किया कि आप अपने अनुभवों को रंग-चिकित्सा की एक पुस्तक के रूप में आकार दें तो बहुत अच्छा रहेगा एवं केंद्र, को जो इस चिकित्सा पद्धति का प्रचार-प्रसार कर रहा है, उस कार्य में बल मिलेगा। 87 वर्ष की दीर्घ आयु होने के उपरांत भी आपने हमारा अनुरोध

स्वीकार किया। अनुभव, इस चिकित्सा पद्धति का ज्ञान एवं प्रयोगों के परिप्रेक्ष्य में यह पुस्तक लिखी गई है।

इस पुस्तक में स्वास्थ्य-रक्षा के नियम, रंग-चिकित्सा का विभिन्न दृष्टिकोणों से विवेचन, रंगों का प्रभाव, रोगों के निदान की पद्धति, पथ्यापथ्य, मन व भावना से रंगों का सम्बंध, रंगों के ध्यान द्वारा स्वभाव व आदतों में परिवर्तन एवं रंगों के ध्यान से अशुभ कर्मों के क्षय की विधि, रंग-चिकित्सा के विशेषज्ञों के मत, कतिपय चमत्कारी प्रयोग तथा केंद्र का परिचय विस्तृत रूप में पढ़ने को मिलेगा।

इस पुस्तक में रंग-चिकित्सा की निम्नलिखित विशेषताएं दृष्टिगोचर होंगी :

- रंग-चिकित्सा को मानसिक एकाग्रता व ध्यान के साथ भली प्रकार सम्बंधित किया गया है।
- रंगों के द्वारा अशुभ कर्मों को क्षीण तथा परिवर्तित करने की विधि पर प्रकाश डाला गया है।
- रत्न, जो रंगीन पत्थर हैं, के द्वारा विभिन्न रंगों पर प्रयोग तथा ग्रह-शांति के लिए इन रत्नों के प्रयोग के बारे में भी आपको उपयोगी सामग्री उपलब्ध होगी।
- संगीत के सातों स्वरों के भिन्न-भिन्न रंगों द्वारा रोगों की चिकित्सा बताई गई है।
- चुम्बक चिकित्सा की विधि।

भाषा सरल एवं बोधगम्य है। आशा है, यह पुस्तक रंग-चिकित्सा के क्षेत्र में एक नया आयाम बनाएगी। इसी मंगल भावना के साथ–

धर्मानंद

1

स्वास्थ्य की देखभाल

अधिकांश प्राणी निरोग जन्मते हैं जबकि अधिकांश रोग स्वकृत होते हैं। प्राकृत जीवन जीने वाला प्राणी रोगी नहीं होता। पशु-पक्षियों में रोग बहुत कम होते हैं। मानव एक ऐसा प्राणी है जो सबसे अधिक अप्राकृतिक है। सुखी जीवन के लिए निरोगी जीवन, और निरोग जीवन के लिए प्रकृति का आधार आवश्यक है। हमारे देश में प्राचीन काल से बुजुर्गों की एक कहावत चली आ रही है कि 'पहला सुख निरोगी काया'। स्वास्थ्य के अभाव में सम्पूर्ण सम्पन्नता निरर्थक हो जाती है। रोगी व्यक्ति अनेक कष्टों से दुःखी जीवन जीने के अतिरिक्त न कोई पारिवारिक, सामाजिक अथवा राष्ट्रीय हित का कार्य कर सकता है और न आत्म-कल्याण के लिए ही धर्मानुष्ठान कर सकता है। मानव-जीवन का प्रथम लक्ष्य होना चाहिए-'स्वास्थ्य-रक्षा के नियमों को समझना तथा उनका अनुशीलन करना' ताकि रोगी होकर वैद्य-डॉक्टरों

के चक्कर में न फंसना पड़े और न ही औषधियों के आधार पर जीवन को हर प्रकार से बोझिल बनाना पड़े।

अच्छे स्वास्थ्य के लिए प्रथम आवश्यक तत्त्व है–शुद्ध हवा। शहरों में बसने वाले लोग प्राय: चौबीसों घंटे दूषित हवा में रहते हैं। उनको चाहिए कि निकटवर्ती पार्क या बाग में, जहां गाछ, हरियाली प्रचुर मात्रा में हो, कम-से-कम एक घंटे प्रातःकाल शुद्ध हवा-पान करें जिससे आक्सीजन आदि आवश्यक तत्त्वों के साथ जीवनी-शक्त प्राप्त हो सके।

जितनी आवश्यकता शुद्ध हवा की है उतना ही आवश्यक शरीर-श्रम भी है। दुकानों और ऑफिस में दिनभर कार्य करने वाले व्यक्ति प्राय: शारीरिक श्रम से वंचित रहते हैं। व्यवस्थित श्रम करने से रक्त-संचार अच्छी तरह होता है, मांसपेशियां सक्रिय रहती हैं, जोड़ों में लचीलापन बना रहता है। पाचन-क्रिया स्वाभाविक रहती है और अनेक रोगों से बचाव हो जाता है।

जिनके लिए मैदानी खेल-फुटबाल, क्रिकेट आदि खेलना सम्भव नहीं है, उनके लिए योगासन, व्यायाम तथा दो-तीन मील तक सैर करना बहुत लाभदायक है। इनमें बाहरी आलम्बनों की आवश्यकता नहीं है और न कोई खर्च करना पड़ता है। अच्छा होगा यदि प्रात: कालीन शुद्ध हवा में ही व्यायाम या भ्रमण किया जाए तो शुद्ध हवा और श्रम-दोनों आवश्यकताओं की पूर्ति एक साथ सहज हो जाएगी।

स्वास्थ्य-रक्षा का तीसरा साधन है-आहार और पानी। खाद्य पदार्थों के विषय में बहुत जागरूक रहने की आवश्यकता है। यह कहना अत्युक्त नहीं होगा कि भारतवर्ष में आज मिलावट का युग चल रहा है। दूध, घी, तेल, आटा, मसाला आदि हर पदार्थ में मिलावट आती है। अनेक अखाद्य वस्तुएं मिलाई जाती हैं। कई चीजों में तो विषैले

द्रव्य भी मिला दिए जाते हैं। बाजारू खाना, मिठाई, चाट आदि से तो यथाशक्ति अवश्य ही बचना चाहिए। थोड़ी मात्रा में पेट में जाने वाला विष भी एकत्रित होकर बड़ी-बड़ी बीमारियां उत्पन्न कर देता है।

साधारणतया भोजन शुद्ध और सात्विक होना चाहिए। भोजन की मात्रा परिमित होनी चाहिए। मात्रा का सबसे उत्तम माप यह है कि भूख से कुछ कम खाना चाहिए। पेट भरकर खाने वालों के पाचन-यंत्रों को अत्यधिक कार्य करना पड़ता है। यंत्र शीघ्र खराब हो जाते हैं और आयु घट जाती है। छोटा ग्रास हो और पूरा चबाकर निगला जाए तो भोजन की मात्रा स्वयं कम हो जाती है और थोड़ा खाने में तृप्ति हो जाती है। भोजन के समय मन को भोजन में ही एकाग्र रखना अति लाभदायक होता है। उस समय अन्य विषयों का चिंतन या वार्तालाप भोजन के गुणों को नष्ट कर देता है। सब्जी-फल अधिक और धान एवं रसादि कम खाने वाले तथा संतुलित आहार करने वाले व्यक्ति को रोग नहीं होते, फिजूल चरबी नहीं बढ़ती तथां आलस्य नहीं रहता।

पानी स्वच्छ और अधिक मात्रा में पीना चाहिए। थोड़ा-थोड़ा करके पीना लाभदायक है। अप्राकृतिक विधियों से किया गया अधिक ठंडा पानी तथा बर्फ डालकर किया गया ठंडा पानी बहुत हानिकारक होता है। खासकर भोजन के साथ और भोजन के फौरन बाद ठंडा पानी पीना पाचन-क्रिया के लिए बहुत हानिकारक है। एक और बीमारी समाज में फैलती जा रही है 'रात्रि-भोजन' की। यह आदत अज्ञात रूप से अनेक रोगों को उत्पन्न करने वाली है।

किसी को स्वस्थ रहना हो तो नशीले पदार्थों के सेवन से हमेशा बचना होगा। शराब के नशे के दुःखद परिणाम तो सब लोग स्पष्ट जानते हैं। पर आजकल हेरोइन, हशीश, एल. एस. डी., स्मैक, चरस

खाद्य पदार्थों के तत्त्वों का रासायनिक तुलनात्मक विवरण

पदार्थ का नाम	प्रोटीन %	चिकनाई %	खनिज लवण %	कार्बोहाई-ड्रेट्स %	पानी %	कैलशियम %	लोहा %	कैलोरी प्रति सौ ग्राम
गेहूं का आटा	12.1	1.7	1.8	72.2	12.2	0.04	7.3	353
मकई	11.1	3.6	1.5	66.2	14.9	0.01	2.1	343
चावल	8.5	0.6	0.9	7.4	12.6	0.01	2.8	349
मूंग	24.0	1.3	3.6	56.6	10.4	0.14	8.4	334
उड़द	24.0	1.4	3.4	60.3	10.9	0.20	9.8	350
अरहर	22.3	1.7	3.6	57.2	15.2	0.14.	8.8	333
मसूर	25.1	0.7	5.1	59.7	12.4	0.13	2.0	346
भुना मटर	22.9	1.4	2.3	63.5	9.9	0.03	5.0	358
भुना चना	22.5	5.2	32	58.9	11.2	0.0.	8.9	37
लोभिया बड़ा	24.6	0.7	3.2	55.7	12.0	0.07.	3.8	327
सोयाबीन	43.2	19.5	4.6	20.9	8.1	0.24.	11.5	432
भटवांस	41.3	17.0	4.5	24.1	-	0.21	9.9	415
वाल	24.9	0.8	3.2	60.1	9.6	0.06.	2.0	347

पदार्थ का नाम	प्रोटीन	चिकनाई	खनिज लवण	कार्बोहाईड्रेट्स	पानी	कैलशियम	लोहा	कैलोरी प्रति सौ
	%	%	%	%	%	%	%	ग्राम
मेथी	26.2	5.8	3.0	13.7	44	0.16.	14.1	333
जीरा	18.7	15.0	5.8	33.6	11.9	1.08	31.0	356
धनिया	14.1	16.1	4.4	21.6	11.2	0.63	17.9	288
बादाम	20.8	58.9	2.9	10.5	5.2	0.23	3.5	655
काजू	21.2	46.9	2.4	22.3	5.9	0.05	5.0	596
भुनी मूंगफली	31.5	39.8	2.3	19.3	4.0	0.05	9.3	561
पिस्ता	19.8	53.5	2.8	16.2	5.6	0.14...	13.7	626
अखरोट	15.6	64.5	1.8	11.0	4.5	0.10	4.8	687
मक्खन	–	80.8	–	–	–	–	–	730
घी	–	98.0	–	–	-	–	–	900
पनीर	24.1	25.1	4.2	6.3	40.3	0.79	2.1	348
खोया	14.6	31.2	3.1	20.5	30.6	0.65	5.8	421
स्प्रेटा दूध पाउडर	38.0	0.1	6.8	51.0	4.1	1.37	1.4	357

आदि अनेक प्रकार के नशीले और जहरीले द्रव्य, बाजारू चाय, बीड़ी-सिगरेट, पान और पान मसालों में तथा जरदे की पत्तियों में गुप्त रूप से मिलाए जाते हैं। इनका सेवन क्षणिक मजे के लिए प्रायः सभी वर्गों में विस्तार पा रहा है। आजकल युवा पीढ़ी में, खासकर विद्यार्थियों में, इन नशीले द्रव्यों का सीधा प्रयोग बहुत अधिक मात्रा में होने लगा है। यह स्वास्थ्य और चरित्र-निर्माण के लिए भी घातक है।

स्वस्थ रहने के लिए महीने में दो उपवास करना अति लाभदायक होता है। पंद्रह दिन में की गई कुछ बदपरहेजी से जो विजातीय द्रव्य आंतों में जमा रह जाता है उसको परिष्कृत करने में सहायता मिल जाती है तथा पाचन-यंत्रों को थोड़ा विश्राम भी मिल जाता है। फौलादी मशीनें भी चौबीस घंटे यानी तीन शिफ्टों तक निरंतर चलने से जल्दी घिस जाती हैं। उनकी एफीशिएंसी (सुचारुता) नहीं रहती और उम्र भी कम हो जाती है। रक्त–मांस की बनी हुई हमारी मशीन को विश्राम देकर ही जीवन-पर्यंत स्वस्थ और सक्रिय रखा जा सकता है। महिलाओं को भी उपरोक्त तथ्यों पर विशेष ध्यान देने की आवश्यकता है। वे स्वस्थ होंगी तो स्वस्थ संतान को जन्म देंगी। महिलाओं में एक नया फैशन चल पड़ा है कि बच्चे को स्तनपान न कराकर शीघ्र ही ऊपरी दूध पिलाना प्रारम्भ कर देती हैं। यह स्वास्थ्य के लिए घातक है। माता के दूध की तुलना में और कोई खुराक बच्चे के लिए स्वास्थ्यकर नहीं है। अत्यंत आवश्यक हो तो गाय या बकरी का दूध लाभदायक होगा। हमारे यहां पाश्चात्य देशों की दूसरी नकल यह आ रही है कि जन्मते ही बच्चे को उसकी मां से पृथक रखा जाने लगा है। माता के तन से मिलने वाले पोषण से वंचित रहकर बच्चा कमजोर रह जाता है, यह अनुभवसिद्ध तथ्य है। तीसरी गलत प्रणाली अपनाई जा रही है-खासकर मध्यम और उच्च वर्ग के परिवारों में–कि बच्चे को जन्मते

ही लंगोट में बांध दिया जाता है। बार-बार सफाई के कष्ट से बचने के लिए बच्चे को चौबीसों घंटे लंगोट बांधकर रखा जाता है और लंगोट भी आजकल नए-नए तरीके के मिलते हैं, जिनमें से हवा भी नहीं जा पाती। माताओं को यह होश नहीं कि बच्चे के शरीर का यह अंग शक्तिहीन रह जाता है और अनेक प्रकार के रोग हो जाते हैं। महिलाओं को समझना चाहिए कि उपरोक्त तीनों बातें भारतीय संस्कृति के प्रतिकूल और प्रकृति के विपरीत हैं। यदि वे बच्चों को स्वस्थ बनाना चाहती हैं तो इन हानिकारक विधियों को न अपनाएं। स्वास्थ्य–रक्षा का विषय बहुत विशाल है। इस पर छोटे-बड़े ग्रंथ हर भाषा में हजारों की संख्या में उपलब्ध हैं। उनसे स्वास्थ्य–रक्षा के नियमों का विस्तृत ज्ञान प्राप्त हो सकता है।

पृष्ठ 4-5 पर एक तालिका दी जा रही है, जिससे जानकारी मिलेगी कि खाद्य-पदार्थों में किस द्रव्य में क्या गुण हैं और उसमें प्रोटीन, चिकनाई, खनिज, लोहा आदि तत्व किस मात्रा में उपलब्ध हैं। इससे आप अपने शरीर की प्रकृति तथा आवश्यकता को समझकर उनका उपयोग कर सकेंगे एवं स्वास्थ्य-रक्षा के नियमों का पालन करके अपने-आपको आजीवन निरोग रख सकेंगे।

मैंने इस पुस्तक के कलेवर को सीमित रखने के लिए केवल स्वास्थ्य-रक्षा के कतिपय मुद्दों की ओर संकेत किया है जो दैनिक जीवन में लाभदायक हैं।

इस प्रकरण को समाप्त करने से पूर्व एक सबसे अधिक महत्त्वपूर्ण पहलू-70-75 प्रतिशत रोगों के बीज को नष्ट करने वाली विधि की ओर पाठकों का ध्यान आकर्षित करना चाहता हूं, जो अनुभवसिद्ध है :

मानसिक तनावों और विकृत विचारों से सघन विजातीय द्रव्य का शरीर में संचय होता है और भिन्न-भिन्न प्रकार के रोग उत्पन्न होते हैं। मानसिक तनाव से मुक्ति और क्रोध, अहंकार, भय, चिंता आदि कषायों पर नियंत्रण पाने को सरल, स्वाभाविक और वैज्ञानिक विधि है कायोत्सर्ग और श्वास-प्रेक्षा/श्वास-दर्शन। पंद्रह मिनट पूरे शरीर को शिथिल करके आधा घंटा श्वास की गति को मंद करके मन को श्वास की गति पर एकाग्र करें और गति को देखते रहें तो तीन महीनों में चमत्कारी परिणामों का स्वानुभव होने लग जाएगा एवं इस प्रक्रिया को दिन में दो बार निरंतर चालू रखेंगे तो शरीर में व्याप्त रोग निकल जाएंगे एवं नए रोग उत्पन्न नहीं होंगे। इसके अतिरिक्त मानसिक शांति तथा शक्ति उपलब्ध होगी जो जीवन के हर क्षेत्र में सफलता देने वाली है। श्वास–दर्शन एक प्रकार से आत्म–दर्शन है। इसके अभ्यास से न केवल शारीरिक स्वास्थ्य ही मिलेगा अपितु मानसिक एवं भावनात्मक स्वास्थ्य की प्राप्ति भी होगी।

2

रंग-चिकित्सा का इतिहास

इतिहास की दृष्टि में रंग-चिकित्सा का विज्ञान बहुत प्राचीन है। केवल भारत में ही नहीं, मिस्र, चीन, यूनान और ईरान आदि देशों में यह चिकित्सा बहुत प्रचलित थी। रंगों के महत्त्व का उल्लेख वेदों और जैन आगमों में भी मिलता है।

मध्यकाल से इस चिकित्सा का चलन बहुत कम हो गया था और नई-नई चिकित्सा पद्धतियां, जैसे : आयुर्वेदिक, एलोपैथिक, होम्योपैथिक, यूनानी आदि का विकास अधिक हुआ। लोगों का ध्यान उधर आकर्षित होने से रंग-चिकित्सा पार्श्व में चली गई।

बीसवीं सदी में रंग-चिकित्सा के पुनरुत्थान हुआ है। साक्ष्य मिलता है कि सर्वप्रथम अमेरिका में इसका सबसे अधिक विकास हुआ और इसके सफल प्रयोगों से जनता इतनी प्रभावित हो गई कि अन्य आधुनिक औषध विज्ञान को बड़ा धक्का लगने लगा। स्थिति यहां तक उत्पन्न

हो गई कि अमेरिका को सरकार को रंग-चिकित्सा पर कानून द्वारा रोक लगानी पड़ी। तत्पश्चात् इस चिकित्सा का विकास यूरोप के देशों में अधिक होने लगा। एलोपैथिक के अनेक बड़े-बड़े डॉक्टरों ने रंग-चिकित्सा को अपनाया। इस पर उच्चकोटि के शोध किए गए। अनेक शोधपूर्ण लेख तथा ग्रंथ भी लिखे गए। जन-साधारण का इस चिकित्सा की ओर आकर्षण और विश्वास बढ़ने लगा और इसका उपयोग भी खूब होने लगा है।

भारत में भी पिछले पचास वर्षों से रंग-चिकित्सा का विस्तार हो रहा है। अब तो इस चिकित्सा के चमत्कारी परिणामों से साधारण जनता प्रभावित हो रही है। आने वाले कुछ ही वर्षों में यह चिकित्सा पद्धति सर्वोपरि हो सकती है।

केवल दिल्ली में ही स्वर्गीय डॉ. डी. एन. नारंग, अध्यात्म साधना केंद्र एवं ज्वाइंट असिस्टेंस सेंटर द्वारा हजारों व्यक्तियों को इस चिकित्सा का प्रशिक्षण दिया जा चुका है और अनेक स्थानों में चिकित्सा-कार्य चल रहा है तथा इसका साहित्य भी उपलब्ध हो रहा है। कतिपय होम्योपैथिक तथा एलोपैथिक डॉक्टर भी इस चिकित्सा को अपनाने लगे हैं। हर क्षेत्र में जब स्थिति परिपक्व होती है तभी परिवर्तन आता है। ऐसा दिखाई दे रहा है कि भारतवासी फिर अपनी प्राचीन विद्या से बहुलतया लाभान्वित होने वाले हैं।

इस चिकित्सा की बुनियाद है सूर्य की ऊर्जा, उसकी किरणों के रंग और रोशनी, जिस पर प्रत्येक व्यक्ति का अधिकार है और जो बिना कोई कीमत चुकाए उनका उपयोग कर सकता है। यह चिकित्सा सर्वथा प्राकृतिक और सरल है। सूर्य-किरणों से प्रभावित औषधियां इतनी सूक्ष्म और शक्तिशाली होती हैं कि जिनसे अनेक ऐसे रोग ठीक हो जाते हैं जो अन्य चिकित्सा-पद्धतियों से नहीं होते अथवा जिनको

ठीक करने के लिए ऑपरेशन करने होते हैं। इस चिकित्सा का मनुष्य के शरीर, मन और भावना से निकट का सम्बंध है।

रंग-चिकित्सा की स्वाभाविकता

औषधि के आधार पर चलने वाली चिकित्सा-पद्धति में रंग-चिकित्सा सबसे अधिक स्वाभाविक है। इसके दो मुख्य कारण हैं-पहला, प्राणी का सम्पूर्ण शरीर रंगीन है। बाहर से दिखने वाले सभी अंगों का रंग भिन्न-भिन्न है और भीतर के भी समस्त अवयव अलग-अलग रंग लिए हुए हैं। मस्तिष्क (ब्रेन), हृदय (हार्ट), फेफड़े (लंग्स), यकृत (लीवर) , प्लीहा (स्पलीन) , गुर्दे (किडनी), आंत (इंटेस्टाइन) , अस्थि (बोंस), मांस, मजा, रक्त आदि सभी का पृथक-पृथक रंग है। और गहराई में जाएं तो शरीर की करोड़ों कोशिकाएं (सेल्स) भी रंगीन हैं। रंग-चिकित्सा के एक विदेशी विख्यात डॉक्टर ने तो यहां तक कह दिया है कि मनुष्य पूरा-का-पूरा रंगों का पिंड है। कोई भी अंग रुग्ण होता है तो उसके रासायनिक द्रव्यों के साथ-साथ रंगों में भी असंतुलन आ जाता है। रंग-चिकित्सा ऐसे द्रव्यों एवं रंगों को संतुलित कर देती है, फलत: रोग का निवारण हो जाता है। शरीर में जहां भी विजातीय द्रव्य एकत्रित होकर रोग उत्पन्त करते हैं, रंग-चिकित्सा उसे दबाती नहीं अपितु शरीर के बाहर निकाल देती है।

दूसरा महत्त्वपूर्ण कारण है, हर प्राणी के जीवन तथा शारीरिक विकास का मुख्यतया सूर्य की शक्ति, किरणों, रोशनी, रंगों और ताप पर निर्भर होना। यह प्राकृतिक विज्ञान का सर्वमान्य तथ्य है। भारत में तो सूर्य 'पूजा का देवता' है। कोई इसको देवता मानते हैं तो कोई भगवान की उपाधि देते हैं। सूर्य-दर्शन किए बिना भोजन न करने की प्रथा बहुत प्राचीन है।

सूर्य की किरणों के प्रभाव के असंख्य परीक्षण तथा प्रयोग हुए हैं। प्राणी जगत् वनस्पति से लेकर पशु-पक्षी व मनुष्य के शरीर पर भी अनेक सफल प्रयोग किए जा चुके हैं। सूर्य-किरणों की शक्ति के प्रयोग केवल चूल्हा-चक्की चलाने तक ही सीमित नहीं हैं। इस अनंत शक्ति से मोटर–गाड़ियां भी चलने लगी हैं। अमेरिका की जनरल इलेक्ट्रिकल कम्पनी ने ऐसी मोटर ईजाद कर दी है जो केवल सूर्य-किरणों की शक्ति से चलती है।

जब प्राणी के जीवन और स्वास्थ्य का आधार सूर्य है तो सूर्य-किरणों से उत्पन्न रंगों से सही चिकित्सा होने में संदेह की कोई गुंजाइश नहीं होनी चाहिए। प्रकृति का यह नियम है कि जो चिकित्सा जितनी स्वाभाविक होगी उतनी ही प्रभावशाली भी होगी और उसकी प्रतिकूल प्रतिक्रिया भी न्यूनतम होगी। अन्य अनेक चिकित्सा-पद्धतियों में जहरीली तेज दवाइयों का सेवन कराया जाता है, उसकी भयानक प्रतिक्रियाओं के अनुभव हमें प्राप्त हुए हैं। यहां तक कि कहीं-कहीं तो रोगी की मृत्यु तक हो जाती है।

3

रंग–चिकित्सा की विशेषताएं

रंग-चिकित्सा जितनी स्वाभाविक है, उतनी ही सरल है। यह कहा जा चुका है कि इस चिकित्सा का मुख्य आधार सूर्य की किरणें, उसकी शक्ति, रंग और रोशनी है। प्रकृति का विधान ही ऐसा है कि जहां रोशनी है वहां शक्ति और रंग है और जहां रंग है वहां रोशनी है। रंगों में उष्णता, शीतलता और भार भी होता है।

डॉ. रीबेन अम्बर ने लिखा है कि रंगों की गर्मी और ठंडक को मापा जा सकता है। कांच के गिलास में पानी भरकर उसमें थर्मामीटर रख दें, फिर किरणें डालें। लाल किरणें गर्मी प्रकट करेंगी और नीली किरणें शीतलता बता देंगी।

शक्ति और वजन का माप करना हो तो सूक्ष्म वजन बताने वाली छोटी तुला (हीरा-पन्ना तोलने वाली) लेकर उसके पलड़ों पर किरणें डालें। पलड़ा रोशनी की ओर झुक जाएगा।

बरसात के मौसम में प्रकट होने वाला इंद्रधनुष जिसमें सातों रंग देखे जा सकते हैं। कटिंग किए हुए हीरे तथा अनेक प्रकार के तराशे हुए कांच के टुकड़ों पर भी सूर्य की किरणों की रोशनी डालने से रंगों के दर्शन होते हैं।

जैन आगमों में मूल रंग पांच माने गए हैं–नीला, लाल, काला, पीला और सफेद। अन्य सब रंग इन पांचों रंगों के मिश्रण हैं। यह तथ्यत: सत्य है। सूर्य-किरणों के सात रंगों में तीन रंग लाल, पीला और नीला तो उपरोक्त मूल रंगों में से हैं और शेष उनके मिश्रण हैं। जैसे–

- नारंगी-लाल और पीले रंग का मिश्रण
- हरा-पीले और नीले रंग का मिश्रण
- बैंगनी-नीले और लाल रंग का मिश्रण
- आसमानी-नीले और सफेद रंग का मिश्रण

इस प्रकार पांच रंगों के मिश्रण से सैकड़ों भिन्न-भिन्न रंग बनाए जा सकते हैं।

सूर्य किरणों के सातों रंग सात प्रकार की औषधि के रूप में कार्य करते हैं, यानी समस्त रोगों की दवा केवल सात प्रकार की है। चिकित्सक को प्रत्येक रोग के लिए सात दवाओं में से एक या दो का ही चुनाव करना पड़ता है, जो अत्यंत सरल है। इसको अधिक सरल बनाने के लिए सातों रंगों को तीन समूहों में बांट दिया जाता है और उनमें से हर रोग के लिए केवल तीन दवाओं में से ही एक का चुनाव करना होता है। अन्य बड़ी-बड़ी चिकित्सा-पद्धतियों में जैसे

आयुर्वेदिक, एलोपैथिक, होम्योपैथिक तथा यूनानी आदि में हजारों दवाएं होती हैं और उनमें से प्रत्येक रोग के लिए अलग दवा का चुनाव करना होता है। यह बहुत कठिन काम है। बहुधा एक रोग के लिए पांच-सात प्रकार की दवाओं अथवा उनके मिश्रण का उपयोग करना होता है। इससे भी बड़ी कठिनाई यह है कि एक मिश्रण (औषधि) अनेक रोगों पर लागू होता है कभी-कभी अनेक औषधियों के मिश्रण एक ही रोग पर समान रूप से लागू होते हैं। औषधियों के गुणों की भिन्नता के कारण ऐसा करना पड़ता है। इतनी औषधियों का शोध और निर्माण करना भी बड़ा जटिल है।

रंग-चिकित्सा की औषधियों का निर्माण अत्यंत सरल है। न घोटना, न पीसना, न मिलाना, न अर्क निकालना और न लाखों-करोड़ों की लागत के यंत्रों की आवश्यकता। रंग-चिकित्सा में ऐसा कुछ भी नहीं है। ये सातों रंगों की दवाएं स्वतः (ऑटोमेटिकली) तैयार की जा सकती हैं। रंग-चिकित्सा इतनी अधिक सरल है कि इसका प्रयोग एक साधारण समझ वाला व्यक्ति आसानी से कर सकता है।

शरीर पर पहनने के तथा ओढ़ने-बिछाने के कपड़ों एवं मकान के कमरों के रंग भी रोगी को प्रभावित करते हैं। आवश्यक रंग की कल्पना करके श्वास द्वारा रंगों का शरीर में प्रवेश कराया जा सकता है। ध्यान द्वारा शरीर के किसी भी अंग को आवश्यक रंग से प्रभावित किया जा सकता है। रंगीन कांच द्वारा प्रत्येक रंग की किरणें शरीर में सीधी प्रविष्ट कराई जा सकती हैं।

यह चिकित्सा जितनी सरल है, उतनी ही कम खर्चीली भी है। संसार में जितनी औषधि-पूरक चिकित्साएं हैं, यह उनमें सबसे कम खर्च वाली चिकित्सा है। रंगीन बोतलों में साधारण पीने का पानी,

सूखी दानेदार चीनी तथा तेल डालकर धूप में रख देने से दवाएं बन जाती हैं।

एक विशेषता यह भी है कि इस चिकित्सा का प्रशिक्षण प्राय: एक सप्ताह में हो जाता है, जब कि अन्य चिकित्सा–पद्धतियों के प्रशिक्षण में पांच-सात वर्षों का अमूल्य समय लग जाना साधारण बात है।

अहिंसा की दृष्टि से भी यह चिकित्सा अत्यंत अहिंसक है। अन्य कई चिकित्सा-पद्धतियों में प्राणी-हिंसा का अनुमान ही नहीं लगाया जा सकता!

रंग-चिकित्सा शरीर के रोग मिटाने में जितनी प्रभावशाली है, उतनी मानसिक और भावनात्मक रोगों को आराम पहुंचाने में लाभकारी है। यह मानसिक तनाव, मानसिक विक्षप्ति आदि मन के अनेक रोगों को शांत कर देती है। रंगों के ध्यान से भावनाओं को परिवर्तित करने की क्षमता इस चिकित्सा में है। यह अशुद्ध भावधारा को शुद्ध कर देती है। मनुष्य की प्रकृति को परिवर्तित कर देने की शक्ति इस चिकित्सा में है, नशे की लत भी छूट सकती है।

रंगों का प्रभाव बहुत विचित्र है। सबसे अधिक आकर्षण रंगों में होता है। रंगीन चित्र आदि दृश्य मनुष्य की दृष्टि को फौरन आकर्षित कर लेते हैं। पत्र-पत्रिकाओं में रंगों का उपयोग प्रतिदिन बढ़ता जा रहा है। विद्यालयों, अस्पतालों तथा कारखानों के भवनों में और मशीनों पर भी रंगों के प्रयोग हो रहें हैं। अति विशाल क्षेत्र है रंगों का।

भारत एक विशाल पर गरीब देश है। अनेक प्रकार के रोग घर-घर में फैले हुए हैं। छोटी और साधारण बीमारी के लिए भी वैद्य या डॉक्टर का दरवाजा खटखटाना होता हैं अथवा अस्पताल खोजना होता

है, जो अधिकांश रोगियों को प्राप्त ही नहीं होते। भगवान भरोसे दुःखी जीवन बिताना होता है। इस स्थिति में रंग-चिकित्सा ही कष्टों से त्राण देने वाली है, जिसका चिकित्सालय प्रत्येक घर या गांव में बन सकता है। भारत के लिए यह चिकित्सा एक वरदान साबित हो सकती है।

इस चिकित्सा की सबसे बड़ी विशेषता यह है कि इसकी दवाओं से शरीर के स्वाभाविक एवं मूल तत्त्वों को किसी प्रकार की हानि नहीं होती, जैसे एलोपैथिक चिकित्सा के आधुनिक विकास में बैक्टीरिया आदि कीटाणुओं को नष्ट करने के सिद्धांत से होती है। डॉ. रियूबेन एम्बर (Dr. Reuben Amber) अपनी 'कलर थैरेपी' पुस्तक में लिखते हैं कि कीटाणुओं के इस सिद्धांत पर की जाने वाली चिकित्सा से रोग ठीक होने के बजाय दिन-प्रतिदिन बढ़ते जा रहे हैं। उन्होंने उक्त पुस्तक में डॉ. ओलिवर वेंडेल होम्स (Dr. Oliver Wendell Holmes) के सन्1860 में दिए गए वक्तव्य का हवाला दिया है, जिसमें डॉक्टर होम्स कहते हैं-'मेरा दृढ़ विश्वास है कि यदि समस्त 'मेट्रिया मेडिका', जिसका आज उपयोग हो रहा है, समुद्र में डाल दिया जाए तो मछलियों के लिए तो हानिकारक होगा, परंतु मनुष्य जाति का भला हो जाएगा।'

नशीले पदार्थों और जहरीली औषधियों के खतरनाक परिणामों से बचने के लिए दिल्ली राज्य के नशाबंदी निर्देशक की ओर से एक चित्र 'टाइम्स ऑफ इंडिया' (जुलाई 1987) में प्रकाशित हुआ था। मनुष्य मात्र के लाभ के लिए हम इस चित्र को उस पुस्तक में प्रकाशित करके (पृष्ठ 19) पाठकों का ध्यान विशेष रूप से आकर्षित करना चाहते हैं।

आज हमारे देश के युवकों और युवतियों में अनेक प्रकार के नशे की आदत बढ़ती जा रही है। ये नशे मानव-जीवन को नष्ट तथा देश का सत्यानाश करने वाले साबित हो रहे हैं। नशे की आदत पड़ जाने पर छोड़ना आसान नहीं होता। फिर भी नशा छोड़ने में रंग-चिकित्सा सहयोगी बन सकती है।

A PICTURE OF SELF DESTRUCTION

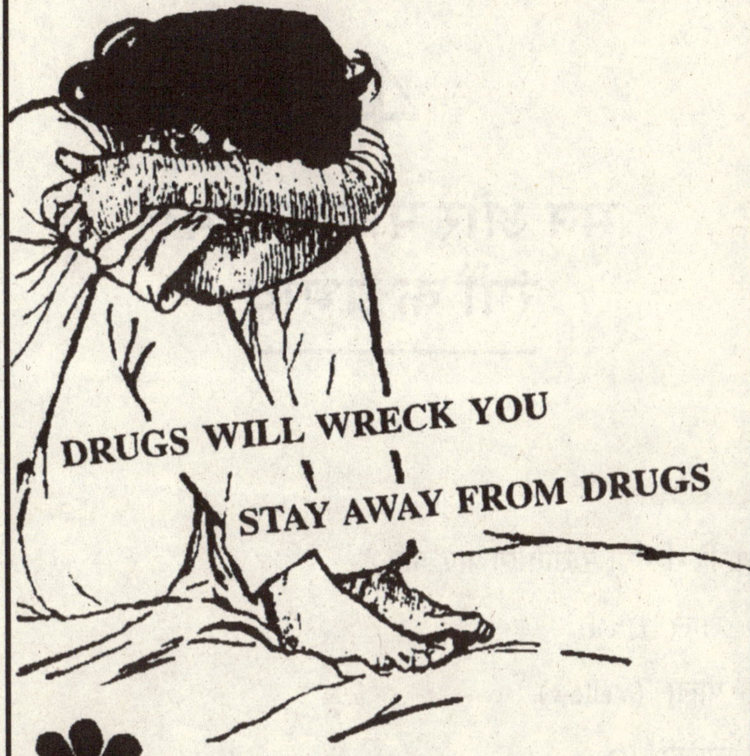

Directorate of Proibition

DELHI ADMINISTRATION

4

मन और मस्तिष्क पर रंगों के प्रभाव

सूर्य की रश्मियों में सात रंग पाए जाते हैं–

- लाल (Red)
- पीला (Yellow)
- नारंगी (Orage)
- हरा (Green)
- नीला (Blue)
- आसमानी (Indigo)
- बैंगनी (Voilet)

इन सातों रंगों की अपनी–अपनी प्रकृति तथा प्रभाव हैं। चिकित्सा–

विशेषज्ञ सातों रंगों का भिन्न-भिन्न रोगों में प्रयोग कर सकता है परंतु साधारण चिकित्सक के लिए निम्नलिखित तीन समूहों का प्रयोग ही यथेष्ट होता है। कारण, प्रत्येक समूह के रंगों के प्रभाव में बहुत सीमित अंतर हैं। तीन समूह या रंगों के तीन परिवार किए गए हैं-

- लाल, पीला और नारंगी
- हरा
- नीला, आसमानी और बैंगनी

प्रयोग की सरलता के लिए पहले समूह में से केवल नारंगी रंग का ही प्रयोग होता है, दूसरे में हरे रंग का और तीसरे समूह में से केवल नीले रंग का। इस प्रकार प्रत्येक रोग की चिकित्सा के लिए तीन रंगों अर्थात्नारंगी, हरे और नीले रंग का प्रयोग काफी है।

तीन रंग : उनसे बनी दवाएं, उनके गुण, प्रकृति एवं प्रयोग

नारंगी रंग की दवा की प्रकृति, गुण एवं प्रयोग

प्रकृति—गर्म, विस्तारक एवं क्रियावर्धक (Heating, Expending and Stimulating)। इसका प्रभाव क्षारीय (Alkaline) होता है।

गुण

- लाल और पीले रंग का मिश्रण होने के कारण अधिक प्रभावशाली।
- नारंगी दवा मुख्यतः पेट, यकृत, तिल्ली, गुर्दे और आंतों को प्रभावित करती है।
- रक्त-संचार की वृद्धि करती है।

- मांस-पेशियों को स्वस्थ करती है और सिकुड़न को मिटाती है।

नारंगी रंग का मानसिक प्रभाव

- मानसिक शक्ति और इच्छाशक्ति को बढ़ाता है।
- बुद्धि और साहस को विकसित करता है।
- आकांक्षाओं और अहं को विस्तार देता है।

प्रयोग

कफजनित रोगों में लाभदायक है। कफजनित खांसी, बुखार, निमोनिया, इंफलुएंजा आदि में लाभदायक। श्वास-प्रकोप, क्षय रोग, फेफड़े के दोषों, पेट में बनने वाली गैस (वायु) को मिटाती है। स्नायु-रोग, स्नायु-दुर्बलता एवं हृदय रोग, गठिया, पक्षाघात, वाइंटा में गुणकारी है। बदहजमी को मिटाती है, भूख बढ़ाती है। एनीमिया, खून में लाल कणों की कमी की पूर्ति करती है, शरीर का मोटापा घटाती है और दुर्बलता मिटाती है। स्त्रियों के मासिक स्राव की कमी व कठिनाइयों को दूर करती है।

मां के स्तनों में दूध की वृद्धि करती है। प्लीहा, गुर्दों के रोगों में लाभदायक है। पेशाब की अधिकता तथा बच्चों के सुप्त अवस्था में पेशाब निकलने के रोग पर इसका प्रयोग लाभदायक है। मानसिक दुर्बलता में भी उपयोगी है।

हरे रंग की दवा की प्रकृति गुण और प्रयोग

प्रकृति : मध्यम संतुलक तथा शोधक (Neutral, Harmonising & Eleminating)।

गुण

- यह रंग पीले और नीले का मिश्रण होने के कारण अधिक लाभदायक है।
- हरा प्रकृति का रंग है अतएव शरीर और मन को प्रसन्न रखता है।
- शरीर में रासायनिक द्रव्यों की न्यूनता व अधिकता को संतुलित कर देती है।
- शरीर की मांसपेशियों का निर्माण करती है और शक्ति देती है।
- हरा रंग सब प्रकार के नाड़ी-संस्थानों तथा मस्तिष्क को बल देता है।
- हरे रंग की दवा रक्त का शोधन करती है तथा शरीर में एकत्रित विजातीय द्रव्यों को बाहर निकाल देती है।

हरे रंग का मानसिक प्रभाव

- मन को शांति तथा प्रसन्नता प्रदान करता है।
- मैत्री की भावना उत्पन्न करता है।
- पवित्र कार्यों में उत्साहवर्धक है।
- ईर्ष्या, द्वेष और निजी स्वार्थ भाव को कम करता है।

प्रयोग

मुखतया वातजनित रोगों टायफाइड (मियादी), मलेरिया आदि बुखार, यकृत (लीवर) और गुर्दों (किडनीज) की सूजन, चर्म रोगों-चेचक, फोड़ा, फुंसी, दाद, खुजली आदि, आंतों की खराबी, बदहजमी पेट में दर्द आदि पर, नेत्र रोग (हरा पानी आंखों में डालना) मधुमेह

(डाइबिटीज) , पित्तजनित रोगों, सूखी खांसी, जुकाम, अलसर आदि भीतरी घाव, मस्सा, कैंसर, सूजाक, गनोडिया आदि, सिरदर्द, स्नायु-दर्द, रक्तचाप (साधारण) में लाभदायक है।

नीले रंग की दवा की प्रकृति गुण तथा प्रयोग

प्रकृति : शीतल (ठंडी), सुखद और संकोचक (Cooling, Soothing & Contracting)। इस का प्रभाव अम्लीय (Acidic) होता है।

गुण

- कीटाणुनाशक (Anticeptic)।
- नीले रंग का अधिकतम प्रभाव मुंह, गला और गले के ऊपरी भाग मस्तिष्क तक होता है।
- हर प्रकार की वातजनित सूजन को मिटाता है।
- शरीर में किसी भी प्रकार की जलन को शांत करता है।

नीले रंग का मानसिक प्रभाव

- मानसिक उत्तेजना को मिटाता है। मन को शांत और शिथिल करता है।
- आध्यात्मिक विकास और ध्यान में सहायक होता है।
- सत्य, श्रद्धा और भक्ति की प्रेरणा देने वाला है।

प्रयोग

नीले रंग का प्रयोग विशेषकर पित्तजनित रोगों पर होता है।

तेज बुखार (100 डिग्री से ऊपर) तथा सिर-दर्द को कम करने के लिए अकसीर है। शरीर-दाह (जलन), लू तथा आंतरिक रक्तस्राव

में आराम पहुंचाता है। उच्च रक्तचाप (हाई ब्लडप्रेशर) , नींद की कमी, हिस्टिरिया, मानसिक विक्षप्ति में लाभदायक है।

टोंसिल सम्बंधी गले की बीमारियों, मसूड़े फूलना, दांत-दर्द, पायरिया, मुंह में छाले-घाव आदि तथा चर्म रोगों में अत्यंत लाभदायक है।

डायरिया (अतिसार), डीसेंटरी (आंवजनित दस्त), उल्टी, जी मिचलाना, हैजा आदि रोगों में आराम पहुंचाती है। जहरीले जानवर के काटने पर तथा शरीर में किसी प्रकार का विष, जैसे फूड पॉयजनिंग आदि में बहुत लाभ देती है।

स्त्रियों के मासिक धर्म में रक्तस्राव की अधिकता, श्वेत प्रदर (लुकोरिया) आदि रोगों को मिटाती है। शरीर में हर प्रकार की सूजन को मिटाती है। मिर्गी, पीलिया (Jaundice), प्यास की अधिकता आदि में लाभकारी है।

ध्यान से शरीर में ऊर्जा तथा गर्मी बढ़ने से अनेक कठिनाइयों का पूर्ण समाधान नीले रंग में है।

शरीर का कोई अंग जल जाए तो फौरन नीले पानी, नीला तेल और नीली किरणें डालने से जलन शांत हो जाती है और घाव जल्दी भर जाते हैं।

5

दवाएं बनाने एवं सेवन करने की विधि तथा मात्रा

पानी की दवा का निर्माण और सेवन-विधि

जिस रंग की दवा बनानी हो उसी रंग की कांच की साफ बोतल में पीने का शुद्ध पानी भरकर 6 से 8 घंटे धूप में रखने से दवा तैयार हो जाती है। बोतल थोड़ी खाली रखनी चाहिए और ढक्कन बंद होना चाहिए। इस प्रकार एक बार बनी हुई दवा को चार या पांच दिन सेवन कर सकते हैं। एक रंग की बोतल पर दूसरे रंग की बोतल की छाया नहीं पड़नी चाहिए।

पानी की दवा तैयार होने में तेज धूप हो तो दवा शीघ्र बन जाती है और यदि बरसाती मौसम हो, बादल हों तो दवा बनने में 2-3 दिन लग सकते हैं।

ध्यान रहे कि साधारणतया नारंगी रंग की दवा भोजन करने के बाद 15 मिनट से 30 मिनट के अंदर दी जानी चाहिए। हरे तथा नीले रंग की दवाएं खाली पेट या भोजन से एक घंटा पहले दी जानी चाहिए। हरे रंग की दवा यदि प्रातःकाल खाली पेट देनी हो तो छः या आठ औंस की मात्रा में भी दी जा सकती है, क्योंकि यह दवा शरीर से विजातीय द्रव्य बाहर निंकालकर शरीर को शुद्ध करने वाली है। इसका कोई विपरीत असर नहीं होता।

दवा की मात्रा

प्रत्येक रंग के पानी की दवा की साधारण खुराक 12 वर्ष से ऊपर की उम्र वाले व्यक्ति के लिए 2 औंस यानी 5 तोला होती है। कम आयु वाले बच्चों के लिए उनकी उम्र के हिसाब से मात्र कम होनी चाहिए–शिशु को एक छोटा चाय का चम्मच, एक वर्ष से पांच वर्ष तक के बच्चे को आधा औंस, पांच से बारह वर्ष तक के बच्चे को एक औंस, बारह वर्ष से ऊपर आयु वालों को दो औंस। आमतौर पर रोगी को एक दिन में तीन खुराकें पर्याप्त हैं। रोग की गम्भीर अवस्था में खुराक आधी करके 2-2 घंटे के अंतर से भी दी जा सकती है। इस प्रकार आवश्यकतानुसार देनी चाहिए।

रोगी के शरीर में एक से अधिक लक्षण वाले रोग हों तो रोजाना दो तरह की दवा भी दी जा सकती है या दो प्रकार की दवा को आवश्यकतानुसार मिलाकर भी दे सकते हैं। जैसे पेट में गैस हो तथा शरीर पर फोड़े-फुंसियां-दाद हों तो रक्त-शुद्धि के लिए प्रात:काल हरे पानी की दवा देनी चाहिए और गैस को मिटाने के लिए नारंगी रंग की दवा भोजन के पश्चात् दोनों समय देनी चाहिए। रक्तचाप-दोष अधिक हो तो भोजन के पश्चात् नारंगी दवा में आधा भाग हरी दवा

का मिलाया जा सकता है अथवा तीन भागों में एक भाग एक दवा का, दो भाग दूसरी दवा के भी मिलाए जा सकते हैं–आवश्यकता के अनुसार मिश्रण किया जाना चाहिए।

जिस प्रकार तीनों रंगों के पानी की दवाएं बनती हैं उसी प्रकार तीनों रंगों की चीनी (खांड) की दवाएं भी बनती हैं। जो प्रभाव जिस रंग के पानी की दवा का होता है वही उस रंग की चीनी की दवा का भी होता है। यों पानी की दवा का प्रयोग ही उत्तम है। पानी की दवा के अभाव में चीनी की दवा काम में ली जाती है। अथवा खुश्क दवा देनी हो तो चीनी की दवा अधिक लाभदायक है।

चीनी की दवा बनाने की विधि और मात्रा

जिस रंग की चीनी की दवा बनानी हो उस रंग की कांच की बोतल में आधी बोतल दानेदार सूखी चीनी भरकर एक महीने तक रोजाना धूप में रखना चाहिए। रात में कहीं भी सुरक्षित स्थान में रखी जाए। बोतल बंद हो। उसको रोजाना भली प्रकार हिलाना चाहिए और ऊपर से बोतल को साफ रखना चाहिए। आवश्यक हो तो 15 दिन के बाद इस चीनी की दवा को काम में लाया जा सकता है। चीनी की दवा स्थायी (परमानेंट) बन जाती है। केवल 2-3 महीनों के बाद इस दवा की बोतल को चार-पांच दिन धूप में रख देना चाहिए ताकि उसकी शक्ति बराबर बनी रहे। चीनी की दवा की पूरी मात्रा (खुराक) चाय का छोटा आधा चम्मच या 2 ग्राम होती है। बच्चों के लिए उनकी उम्र के हिसाब से मात्रा देनी चाहिए। चीनी की दवा देने का समय और आवश्यकता, पानी की दवा के मुताबिक ही होता है। यह दवा तीनों रंगों में अलग–अलग बनाई जा सकती है।

मिल्क शुगर (दूध की चीनी) की गोलियों की दवा बनाने की विधि एवं मात्रा

मिल्क शुगर की गोलियां जिनकी होम्योपैथिक दवाएं बनती हैं, बाजार में तैयार मिलती हैं। ये गोलियां आकार में छोटी-बड़ी भी होती हैं। भिन्न-भिन्न नम्बर की गोलियां होती हैं। इनमें से गोली नम्बर 20 रंग-चिकित्सा के लिए उपयुक्त है। जिस रंग की दवा बनानी है उस रंग की कांच की बोतल (छोटी) में आधी बोतल तक गोलियां भरकर 3 महीना लगातार धूप में रखें। रोजाना बोतल को धीरे-धीरे हिलाएं ताकि गोलियां टूटें नहीं और सब गोलियों में सूर्य की किरणों का प्रवेश पूरी तरह हो जाए। बोतल का मुंह बंद रहे और रोजाना उसको ऊपर से साफ करके रख सकते हैं। एक बार दवा तैयार हो जाने के बाद भी प्रत्येक 2–3 महीने के बाद बोतल को 4–5 दिन धूप में रखें ताकि दवा की शक्ति बनी रहे। जब भी बोतल को धूप में रखें, हिलाना न भूलें।

इन गोलियों की दवाएं तीनों रंगों में बनाई जा सकती हैं। चीनी की दवाओं की तरह ये दवाएं भी स्थायी बन जाती हैं और चीनी की दवा की तरह ही इन गोलियों से चिकित्सा की जा सकती है।

इन गोलियों की मात्रा 6 गोली पूरे आदमी के लिए होनी चाहिए। बच्चों के लिए उनकी उम्र के हिसाब से मात्रा कम देनी चाहिए। इन गोलियों की व चीनी की दवा की सुविधा यह है कि ये यात्रा में भी साथ रखी जा सकती हैं और आवश्यकता पड़ने पर चिकित्सा की जा सकती है।

बाह्य प्रयोग के लिए तेल आदि की दवा बनाने की विधि

उपर्युक्त तीनों रंगों की दवाएं बाह्य प्रयोग यानी शरीर के ऊपरी भागों

पर लगाने के लिए तेल और ग्लिसरीन से तैयार की जा सकती हैं। नारंगी और हरे रंग की बोतल में शुद्ध सरसों या तिल्ली का तेल और नीले रंग की शीशी में नारियल का तेल आधी बोतल भरकर निरंतर एक महीना धूप में रखनी होती है। ग्लिसरीन तथा घी की दवा केवल नीले रंग की शीशी में तैयार की जाती है। बोतल को रोजाना अच्छी तरह हिलाना चाहिए और ऊपर से साफ रखना चाहिए। ये दवाएं भी स्थायी होती हैं। 2–3 महीने बाद फिर 4–5 दिन धूप में बोतल को रख देना चाहिए।

तेल और ग्लिसरीन की दवाओं का प्रयोग

नारंगी रंग का तेल

शरीर के जोड़ों के दर्द पर, मांसपेशियों के दर्द पर, वायु के दर्द पर, कफजनित पीड़ा के स्थान पर, पेशाब अधिक आता हो, बच्चों का बिस्तर में पेशाब निकलता हो तो पेड़ू पर, फेफड़े (फुफ्फस) में कफ अधिक हो, छाती या पसलियों में दर्द हो तो छाती पर, स्त्रियों के मासिक धर्म में रक्तस्त्राव की कमी हो तथा पीड़ा हो तो पेडू पर हल्की मालिश करनी चाहिए।

हरे रंग का तेल

यकृत (लिवर), प्लीहा (स्पलीन), गुर्दे (किडनीज), आंतों (इंटेस्टाइन) के दर्द में हल्की मालिश।

नीले रंग का तेल

शरीर का कोई भी अंग आग से जल जाने पर लगाने से जलन मिटती है व जख्म शीघ्र ठीक होता है। खाज, खुजली, फोड़े-फुंसियां, दाद,

एक्जिमा पर लगाने से हर शिकायत में लाभदायक है। हरेक प्रकार की सूजन पर, हाथीपांव की बीमारी में दिन में दो बार हल्की मालिश करें। तेज बुखार और सिर-दर्द में ललाट पर लगाएं। बाल गिरते हों, जल्दी सफेद हो गए हों या नींद न आए तो पूरे सिर पर रोजाना मालिश करें। पेशाब लाने के लिए पेड़ू पर लगाएं। स्त्रियों के मासिक धर्म में रक्त की अधिकता हो तो पेडू पर हल्की मालिश करें। जहरीली मक्खियां तथा बिच्छू आदि के काटने पर लगाने से शीघ्र लाभ होता है।

नीले रंग की ग्लिसरीन

गले में किसी प्रकार का घाव हो, कागोलियां (छोटी जीभ) बढ़ा हुआ हो, मुंह में छाले हों, मसूड़ों व दांतों में दर्द हो, दांतों में पायरिया हो, खून या पीप आती हो, टॉन्सिल बढ़े हों या सेप्टिक हो तो उन स्थानों पर रूई के फाए से दिन में दो-तीन बार लगाना। कान में दर्द हो, कान बहता हो तो दो बूंद दिन में दो बार डालनी चाहिए, थोड़ा गर्म करके।

तीनों रंगों की हवा की दवा

जिस रंग की हवा की दवा बनानी हो, उसी रंग की खाली बोतल को हाथ से ढंककर या ढक्कन लगाकर पांच मिनट धूप में रखने से बोतल की हवा 'उसी रंग की दवा' बन जाती है। नारंगी रंग की दवा खासकर फेफड़ों की तथा श्वास की बीमारी में लाभ देती है तथा किसी रोगी की दांती जुड़ जाए या और किसी कठिनाई से पेट में दवा नहीं ली जा सकती हो तो इस दवा की हवा को ढक्कन खोलकर बार-जार रोगी को सुंघाने से लाभ होता है। नीले रंग की दवा नाक में सूजन हो तो भी उपयोगी है।

पारदर्शी बोतल के पानी पर सूर्य किरणों का प्रभाव

पारदर्शी बोतल में पीने का पानी 4-6 घंटे धूप में रखने से वह पानी कीटाणुमुक्त हो जाता है तथा उसमें कैल्शियम उत्पन्न हो जाता है। अगर बच्चों के दांत निकलते समय वही पानी पिलाया जाए तो दांत निकलने में सहायता मिलती है, पीड़ा कम होती है; तथा किसी की हड्डी टूटी हो तो उसके जुड़ने में सहायता मिलती है।

यह पानी हल्का टॉनिक यानी साधारण शक्तिवर्धक होता है। गांवों में जहां पीने का पानी शुद्ध नहीं मिलता वहां पानी को पारदर्शी बोतल में 6 घंटे रखकर पीने से पानी से सम्बंधित किसी प्रकार की बीमारी नहीं होती! कभी कोई महामारी फैली हो या नलकों से मिलने वाला पानी दूषित हो गया हो तो इस पानी का सेवन किया जा सकता है। पानी उबालने की जरूरत नहीं होती।

रंग–चिकित्सा में पूरे व्यक्ति की चिकित्सा होती है, केवल एक या दो लक्षणों की नहीं। इसलिए रोजाना दो रंगों की दवाएं नारंगी और हरी या नीली और हरी बारी-बारी से दी जा सकती हैं या दोनों दवाएं आवश्यकतानुसार मिलाकर भी दी जा सकती हैं। इस बात का ध्यान रखना जरूरी है कि विरोधी दवाएं यानी नारंगी और नीली एक साथ पेट में नहीं देनी चाहिए। रेडिएशन या तेल का प्रयोग विरोधी रंग का किया जा सकता है जैसे कफ का रोगी है तो पेट में नारंगी दवा खिलाते हैं और; यदि साथ में 104 डिग्री बुखार है तो सिर पर नीले रंग का तेल लगा सकते हैं और नीली किरणें डाल सकते हैं। बुखार 100 डिग्री पर आ जाए तो नीले रंग का प्रयोग बंद कर देना चाहिए। इसी प्रकार यदि पेचिस रोग (डीसेंटरी), पतले दस्त आते हैं तो पेट में नीली और हरी दवा देनी चाहिए, साथ ही शरीर के जोड़ों में दर्द के स्थान

पर नारंगी रंग का तेल और लाल किरणों का प्रयोग किया जा सकता है।

सूर्य किरणों का सीधा प्रयोग : रेडिएशन (Radiation)

अन्य चिकित्सा-पद्धतियों की अपेक्षा रंग-चिकित्सा में एक विलक्षणता है। इस चिकित्सा में सभी रंगों की कांच या पारदर्शी प्लास्टिक अथवा सिलोफिन कागज द्वारा शरीर के भिन्न-भिन्न भागों एवं भीतरी अंगों पर सूर्य की किरणें डाली जाती हैं। इसे रेडिएशन कहते हैं। अंग-विशेष में हुई रंग की कमी व अधिकता अथवा रासायनिक आदि द्रव्यों के संतुलन बिगड़ने पर उसकी पूर्ति सूर्य-किरणों द्वारा हो जाती है। जिस प्रकार रंगों की दवाओं के द्वारा शरीर में आवश्यकतानुसार रासायनिक द्रव्य या रंग पहुंचाए जाते हैं उसी प्रकार रेडिएशन के द्वारा शरीर के प्रत्येक भाग में आवश्यक द्रव्यों का सीधा प्रवेश कराया जा सकता है। इंजेक्शन की तरह रेडिएशन का सीधा प्रभाव होता है।

सिद्धांतानुसार तीनों रंगों के रेडिएशन का प्रयोग उसी प्रकार करना चाहिए जिस प्रकार दवाओं का प्रयोग किया जाता है। सर्वप्रथम यह निर्णय करना होता है कि रोगी किस रंग का है। उसके शरीर में, उसकी बीमारी में किस रंग की प्राथमिक आवश्यकता है। उसी दृष्टि से रेडिएशन द्वारा उसी रंग की किरणों का प्रयोग करना लाभदायक होता है। शरीर के जोड़ों के दर्द में नारंगी रंग की दवा और नारंगी रंग के तेल का इस्तेमाल किया जाता है तथा साथ ही दर्द के स्थानों पर लाल किरणों का प्रयोग होना चाहिए। तेज बुखार को कम करने के लिए नीले रंग की दवा और नीले रंग के तेल का प्रयोग किया जाता है। उसी प्रकार सिर पर नीले रंग की किरणें डालने से बुखार शीघ्र ही कम हो जाता है और रोगी को आराम मिल जाता है। आंखों की बीमारी

में हरे रंग के पानी की दवा काम में आती है, उसी तरह हरे रंग की किरणें आंखों पर डाल सकते हैं।

किरणों को डालने का समय 15 से 30 मिनट तक हो सकता है। ठोस अंगों पर 30 मिनट तक किरणों का प्रयोग किया जा सकता है परंतु कोमल अंगों पर 15 मिनट से अधिक नहीं करना चाहिए। किसी व्यक्ति की चमड़ी पतली और कोमल हो तो लाल किरणों का प्रयोग भी एक बार में 15-20 मिनट से अधिक नहीं करना चाहिए क्योंकि इससे चमड़ी उपड़ने की आशंका रहती है।

रेडिएशन देते समय यह ध्यान रखना चाहिए कि जिस अंग पर रेडिएशन दिया जाए वह सूर्य के सामने रहे और सूर्य की किरणें यथासम्भव सीधी उस अंग पर पड़ती रहे, टेढ़ी या ऊंची-नीची नहीं।

बिजली की किरणों से रेडिएशन

रंगीन किरणों का रेडिएशन : सूर्य के अभाव में या रात में बिजली के 100 वाट के लैम्प (बल्ब) द्वारा रंगीन प्लास्टिक अथवा कागज को आवश्यक स्थान पर रखकर किरणें डाली जा सकती हैं। इसमें लैम्प को शरीर से तीन फीट की दूरी पर रखा जाना चाहिए ताकि उसका ताप शरीर पर न लगे। जिस स्थान या कमरे में लैम्प द्वारा किरणें डाली जाएं वहां दूसरी रोशनी नहीं होनी चाहिए। रंगीन बल्ब द्वारा बिना कागज या प्लास्टिक के भी किरणें डाली जा सकती हैं पर ध्यान रहे कि बल्ब का कांच ही रंगीन हो, कांच पर रंग लगा हुआ न हो जो आमतौर पर देखा गया है।

कपड़े और मकान के रंगों का प्रभाव

प्रत्येक व्यक्ति पर रंग का प्रभाव पड़ता है। आंखों के लिए रंग सबसे

अधिक आकर्षक होते हैं। उन रंगों का प्रभाव प्राणी के मत और शरीर दोनों पर पड़ता है। जिस रंग की शरीर में कमी या आवश्यकता होती है वह रंग व्यक्ति को अधिक प्रिय होता है।

इस चिकित्सा के सिद्धांतानुसार रोगी का इलाज करने में उसके पहनने, ओढ़ने, बिछाने के कपड़ों तथा रहने के कमरे का अनुकूल रंग बहुत सहयोगी होता है।

नीले रंग के रोगी को यानी जिसके शरीर में नीले रंग की आवश्यकता है, उसे नीले रंग के कपड़े और उसी रंग के मकान में रखने से रोग का नियंत्रण शीघ्र होता है। नीले रंग के साथ हरे रंग की डिजाइन चल सकती है पर लाल वर्जित है। इसी प्रकार लाल या नारंगी रंग के रोगी को नीले रंग के कपड़ों का इस्तेमाल नहीं करना चाहिए।

ऐसा भी अनुभव में आया है कि एक बच्चे को श्वास की कठिनाई की शिकायत हो गई। उसके हाथ पर लाल रंग का कपड़ा बांधा गया और वह आराम से सो गया।

आजकल तो कारखानों के भवनों में नीले रंग का प्रयोग होने लगा है ताकि श्रमिक लोगों का मन उत्तेजित न हो। विदेशों में तो अस्पतालों के कमरों में भी विभिन्न रंगों का प्रयोग होने लग गया है।

हर मनुष्य के मन को आकर्षित करने के लिए, विज्ञापनों के लिए रंगों की योजनाओं में करोड़ों रुपए खर्च किए जा रहे हैं। समाचारपत्र-पत्रिकाओं और परिपत्रों में तथा दुकान या मकानों में रंग-योजना का उपयोग धड़ल्ले से हो रहा है।

6

शरीर के मुख्य अंग और कार्य

मानव शरीर के मुख्य अंग इस प्रकार हैं :

- थाइरॉयड (Thyroid)
- थाइमस (Thymus)
- हृदय (Heart)
- दायां फेफड़ा (Right Lung)
- बायां फेफड़ा (Left Lung)
- यकृत (Liver)
- अमाशय (Stomach)
- पित्ताशय (Gall Bladder)
- पक्वाशाय (Duodenum)

- अग्नाशय (Pancreas)
- गुर्दे (Kidneys)
- छोटी आंत (Small Intestine)
- बड़ी आंत (Large Intestine)
- महाधमनी (Aorta)
- मूत्र नलिका (Ureter)
- मूत्राशय (Urinary Bladder)
- उंडुक (Appendix)
- प्लीहा (Spleen)

मानव शरीर के मुख्य अंगों की क्रियाएं

थाइरॉइड आयोडीन-युक्त हार्मोन का स्राव करती है। ये हार्मोन शारीरिक वृद्धि और मानसिक विकास के लिए अनिवार्य हैं।

थाइमस यह ग्रंथि दोनों फेफड़ों के बीच तथा हृदय से थोड़ी-सी ऊपर होती है। यह ग्रंथि शिशुवय में शारीरिक विकास का नियंत्रण करती है तथा काम-ग्रंथि को सक्रिय नहीं होने देती। वृद्धावस्था में यह लुप्त हो जाती है।

हृदय रक्त को सतत् प्रवहमान रखना हृदय का कार्य है।

फेफड़े रक्त में ऑक्सीजन की निरंतर आपूर्ति एवं कार्बन डाई

शरीर के मुख्य अंग

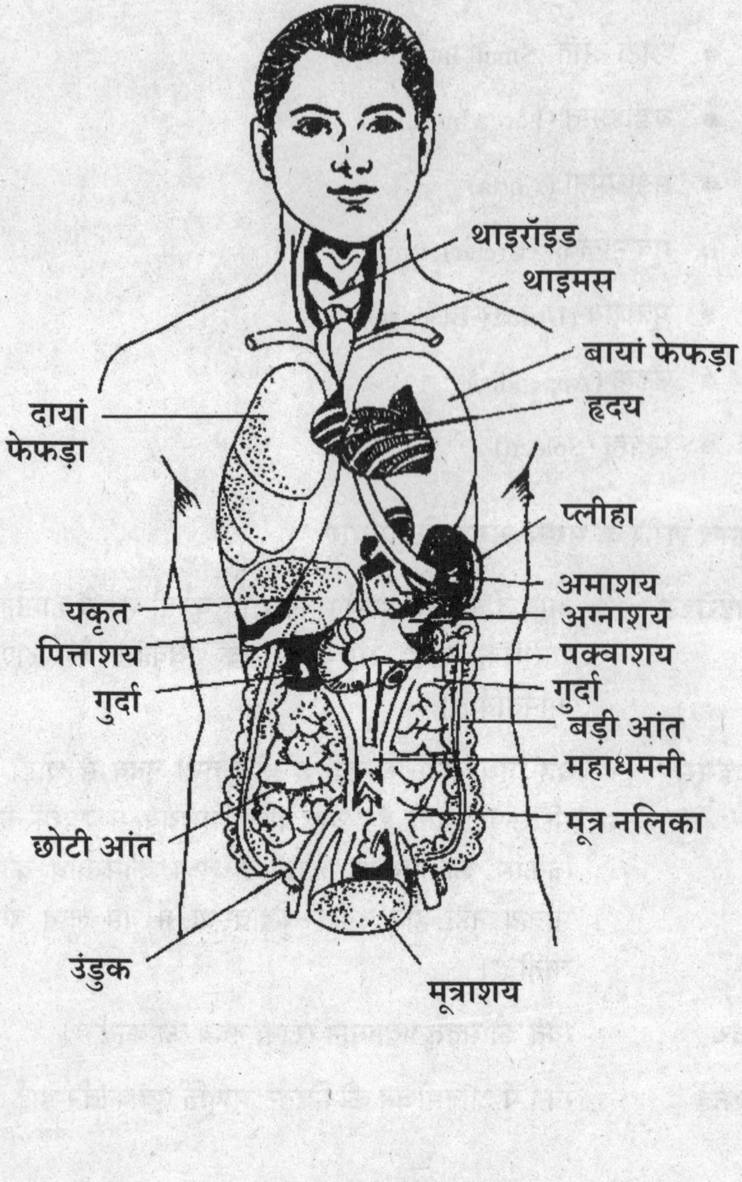
थाइरॉइड
थाइमस
बायां फेफड़ा
दायां फेफड़ा
हृदय
प्लीहा
अमाशय
अग्नाशय
यकृत
पित्ताशय
पक्वाशय
गुर्दा
गुर्दा
बड़ी आंत
महाधमनी
मूत्र नलिका
छोटी आंत
उंडुक
मूत्राशय

ऑक्साइड को श्वास-क्रिया द्वारा बाहर निकालने का कार्य फेफड़ों में होता है।

यकृत	पित्त का निर्माण करना, आवश्यकता से अधिक श्वेतासार को ग्लाइकोजन में परिवर्तित कर संचित करना, यूरिया का निर्माण करना तथा विषाक्त पदार्थों को नष्ट करना।
अमाशय	इसका स्थान महाप्राचीरा (Diaphram) से सटकर पसली के नीचे कुछ बाईं ओर है। अमाशय में यांत्रिक एवं रासायनिक दोनों रूप से भोजन का पाचन होता है।
पित्ताशय	यहां पित्त का संचय होता है तथा उसे गाढ़ा बनाया जाता है और आवश्यकतानुसार पक्वाशय में पहुंचाया जाता है।
पक्वाशय	आंत के प्रारम्भिक अमाशय से जुड़े अर्ध–चंद्राकार भाग को पक्वाशय कहते हैं। इसी स्थान पर क्लोम रस और यकृत रस, जो क्षारीय रस हैं, अमाशय से निकलने वाले अम्लीय रस से मिलते हैं।
अग्नाशय	यह बहिःस्त्रावी एवं अंतःस्त्रावी ग्रंथि है। बहिःस्त्राव पाचन-तंत्र पक्वाशय में अग्नाशय रस देता है। अंतःस्त्रावी ग्रंथि का रस सीधे रक्त में मिल जाता है जो रक्त–शर्करा का नियंत्रण करता है।
गुर्दे	गुर्दे रक्त से यूरिया को अलग करने का कार्य करते हैं। दोनों गुर्दों के ऊपर टोपी की तरह एड्रिनल ग्रंथियां

होती हैं।

बड़ी आंत छोटी आंत के अवशेष–जल और बेकार पदार्थों का अवशोषण बड़ी आंत में होता है।

छोटी आंत यहां पाचन-क्रिया द्वारा भोज्य-तत्त्वों को घुलनशील बनाया जाता है और रक्त में मिल जाने योग्य बनाकर उनका शोषण किया जाता है।

महाधमनी यह हृदय से शरीर को रक्त पहुंचाती है।

मूत्र-नलिका यह नलिका गुर्दों से मूत्र को मूत्राशय में ले जाती है।

मूत्राशय इसमें मूत्र एकत्रित होता है।

उंडुक यह छोटी आंत और बड़ी आंत के संगम स्थल पर बड़ी आंत के नीचे की ओर लटकती रहती है। यह भी टोंसिल की तरह सुरक्षात्मक अंग है।

प्लीहा यह रक्त-प्रवाह में कीटाणु आदि को बाहर करती है। इसमें रक्त का अतिरिक्त भंडार रहता है, आवश्यकता पड़ने पर यहां से रक्त भेजा जाता है।

चिकित्सा के लिए मानव शरीर के प्रमुख अंग उनके स्थान एवं उनकी विभिन्न क्रियाओं की जानकारी अत्यंत आवश्यक है जो चिकित्सा में सहयोगी बनती है।

7
विभिन्न रोगों का इलाज

मानसिक विक्षिप्तता (Mental Disorder)

सिर-दर्द, सिर में चक्कर, बेचैनी, कार्य में मन न लगना, भूख की कमी , शरीर में सुस्ती, भय लगना, नींद नहीं आना, पागलपन की स्थिति हो जाना आदि कठिनाइयों में नीले रंग से चिकित्सा करनी चाहिए। सिर में नीले रंग के तेल की मालिश (अंगुलियों की पोरों से हल्के-हल्के) दिन में दो बार 10 मिनट तक करें तथा नीली किरणों का सिर पर रेडिएशन भी हल्की धूप में दो बार 10 मिनट की करें। प्रातः खाली पेट में हरे रंग के पानी की दवा तथा नीले पानी की दवा दो बार खाने से पहले। नीले रंग के कपड़ों का प्रयोग भी चिकित्सा में लाभदायक होगा।

कायोत्सर्ग (शिथिलीकरण) पूरे शरीर और मन का दिन में दो

बार। शिथिलीकरण के पश्चात् आंखें बंद करके श्वास की मंदगति को मन से देखना; आधे घंटे तक दिन में दो बार।

क्रोध, अभिमान, द्वेष आदि की अधिकता हो तो हर प्रकार से नीले रंग का प्रयोग करने से शांति प्राप्त होगी।

सुस्ती (Lethargy)

शरीर सुस्त रहता हो, आलस्य बहुत हो, नींद अधिक आती हो तो नारंगी रंग से चिकित्सा करने से स्फूर्ति आ जाती है।

बुखार (Fever)

मलेरिया बुखार 101 डिग्री से ऊपर हो तो नीले रंग के पानी की दवा की दो-तीन खुराक देनी चाहिए तथा तेज बुखार को शीघ्र कम करने के लिए सिर पर नीली किरणें 10 मिनट प्रत्येक आधे घंटे के बाद डालें। बुखार कम हो जाने पर हरे रंग के पानी की दवा, दिन में तीन खुराक, नाश्ता–भोजन से पहले। सिर–दर्द कम करने के लिए ललाट पर नीले रंग का तेल लगाना चाहिए।

कफजनित बुखार (Influenza)

इंफ्लुएंजा, निमोनिया आदि में हरे और नारंगी पानी की दवा पेट में। कफ अधिक हो तो छाती पर लाल तेल की मालिश तथा लाल किरणों का रेडिएशन करना भी विशेष लाभकारी होगा।

टाइफाइड (Typhoid)

टाइफाइड (मोतीझरा), चेचक एवं डीगू बुखारों में हरे रंग के पानी की दवा का प्रयोग। पतले दस्त हों तो पेट पर नीली किरणें

डालें। दाह ज्वर हो तो नीले रंग के पानी की दवा तथा नीला रेडिएशन रीढ़ की हड्डी पर 15 मिनट में दो-तीन बार दिन में करना चाहिए। बुखार किसी और रोग के कारण हो तो उस रोग की चिकित्सा करनी चाहिए।

साधारण बुखार शरीर में एकत्रित विष को निकालने के लिए आता है। उसमें लंघन (भोजन न करना) बहुत लाभदायक है। चिकित्सा हरे रंग की करनी चाहिए।

जुकाम तथा सूखी खांसी (Cold and Cough)

हरे रंग के पानी की दवा बहुत लाभ देती है। साधारण सर्दी लगकर नाक से पानी, मुंह से कफ निकलता हो तो नारंगी रंग की दवा दो बार, हरे रंग की दवा प्रातः एक बार देनी चाहिए।

लू (Sunstroke)

लू लग जाने पर नीले पानी की दवा पेट में, नीले पानी के गरारे तथा नीली किरणें पीठ पर डालनी चाहिए।

किसी भी रोग पर नारंगी अथवा नीले रंग की दवा देते समय शरीर में विरोधी लक्षणों का पूरा ध्यान रखना आवश्यक है। ऊपरी उपचार विरोधी रंगों का किया जा सकता है।

कूकर खांसी (Whooping Cough)

यह प्रायः बच्चों को होती है। इसमें नीले रंग के पानी से गरारे तथा पेट में हरी दवा लेनी चाहिए।

सिर-दर्द (Headache)

सिर–दर्द अपने आप में कोई रोग नहीं है। यह साधारणतया अन्य रोगों के परिणामस्वरूप होता है। सिर-दर्द बुखार के कारण हो तो जिस बुखार की चिकित्सा जिस रंग से करते हैं उसी रंग यानी हरा या नीला रंग का तेल सिर में लगाएं। नारंगी रंग के तेल का प्रयोग कभी सिर पर नहीं करना चाहिए। नीले रंग की किरणें 10 मिनट डाल सकते हैं। दिमाग से अधिक कार्य करने पर, स्त्रियों की अंदरूनी शिकायतों के कारण सिर में दर्द होने पर नीला तेल लगाएं तथा नीली किरणें डालें।

नींद न आना (Insomnia)

साधारणतया शराब, सिगरेट आदि का सेवन अथवा मानसिक चिंता तथा मन के अधिक भटकने के कारण नींद नहीं आती। इसके लिए सिर पर नीले तेल की मालिश लाभदायक होती है। सोते समय नीली चीनी की एक खुराक से नींद आ जाती है।

माइग्रेन (Migraine)

आधे सिर में दर्द हो तो हरे तेल की हल्की मालिश सिर पर करनी चाहिए और हरे पानी की दवा पेट में देनी चाहिए।

सिर में गंज (Baldness)

बाल झड़ना, खोरा जमना तथा छोटी उम्र में बाल सफेद हो जाने की सूरत में नीले तेल की मालिश दिन में दो बार तथा नीली किरणें सिर पर डालने से चमत्कारी लाभ होता है। पेट में हरा पानी दे सकते हैं। उड़े हुए बाल आ जाते हैं, सफेद बाल काले हो जाते हैं। प्रयोग लम्बे समय तक करना होगा।

नेत्र रोग (Eye Disorders)

आंखें दुखनी आती हों, आंखें लाल हों, पानी का गिरना या खुजलाहट हो तो हरे पानी से धोना, हरा पानी दिन में दो-तीन बार अच्छी तरह डालना तथा 3 मिनट हरी किरणें डालने से लाभ होता है।

कान के रोग (Ear Disorders)

कान में फुंसी हो जाए तो नीले तेल की दो बूंदें थोड़ा गर्म करके दिन में दो बार डालें। केवल दर्द हो तो हरे या नारंगी तेल की 2 बूंदें डालें। कान में घाव हो या कान बहता हो तो नीली ग्लिसरीन की 2 बूंदें दिन में तीन बार डालने से लाभ होगा। कान से सुनना कम हो जाए तो लाल किरणें 10 मिनट कान में तथा कान के चारों ओर दो बार रोजाना डालने से लाभ होता है।

नकसीर छूटना (Bleeding Nose)

नाक से खून गिरता हो तो सिर और ललाट पर नीला तेल लगाने से तथा नीली किरणें डालने से खून गिरना बंद हो जाता है। पेट में भी दो खुराक पानी की दवा देनी चाहिए। उसमें 2 भाग नीला, 1 भाग हरा मिला दें।

मुंह के रोग (Diseases of the Mouth)

मुंह में छाले हो जाएं, मसूड़े फूल जाएं, घाव हो जाएं, मसूड़ों से खून या पस निकले, पायरिया हो जाए, दांतों में दर्द हो तो नीले पानी के कुल्ले, नीली ग्लिसरीन लगाना तथा पेट में हरे पानी की दो–तीन खुराक देने से बहुत लाभ होता है।

गले के रोग (Throat Disorders)

गले में खरखरी या घाव हो, टोंसिल बढ़ जाएं, सेप्टिक हो जाए यानी रस्सी पड़ जाए तो नीले पानी के गरारे तथा नीली ग्लिसरीन लगाने से तथा पेट में हरे पानी की दो खुराक रोजाना देने से अवश्य आराम होता है, जिसकी डॉक्टरी चिकित्सा केवल ऑपरेशन ही है।

मम्स (Mums)

मम्स हो जाने पर नीला तेल ऊपर लगाएं तथा पेट में हरे पानी की दवा दें।

फेफड़े (Lungs)

फेफड़ों में कफ हो जाए अथवा निमोनिया हो जाए तथा क्षयरोग की आशंका हो तो छाती पर नारंगी तेल की मालिश तथा पेट में हरे और नारंगी पानी का आवश्यकतानुसार प्रयोग कीजिए। फेफड़ों पर पीली किरणें डालनी चाहिए।

श्वास के रोग (Breathing Trouble)

यह लम्बे समय तक चलने वाला रोग है। साधारणतया इसकी चिकित्सा है दिन में 2 बार नारंगी रंग के पानी की दवा। कब्ज हो तो 1 खुराक हरे रंग की दवा तथा छाती पर और छाती के पीछे पीठ पर नारंगी रंग के तेल की मालिश। कफ हो तो नारंगी किरणें डाली जा सकती हैं। इस रोग में फूंक से बजने वाले बाजे, बांसुरी आदि बजाने के दैनिक प्रयोग से अथवा गाने के अभ्यास से लाभ होता है। कभी–कभी स्थान–परिवर्तन से भी लाभ होता है।

हृदय रोग (Heart Trouble)

हृदय में धड़कन तेज हो अथवा दर्द हो तो हरे पानी की दवा 1 खुराक, नारंगी पानी की 2 खुराक रोजाना। रक्त-संचालन में अवरोधात्मक तत्त्व (कोलेस्ट्रोल) हो तो छाती पर पीले रंग का रेडिएशन करें।

इस रोग में मंद गति से श्वास लेने के अभ्यास से बहुत लाभ होता है। साथ में शिथिलीकरण भी लाभदायक है।

रक्तचाप (Blood Pressure)

साधारण से अधिक हो तो हरे रंग तथा नीले रंग के पानी की दवा की 2-3 खुराकें रोजाना लेने से लाभ होता है। यदि साधारण से बहुत कम हो तो हरे और नारंगी रंग के पानी की दवा की 2–3 खुराक रोजाना लेने से रक्तचाप ठीक हो जाता है।

पेट के रोग (Stomach Disorders)

पेट में दर्द या वायु-शूल हो तो नारंगी पानी की 2–3 खुराकों से कष्ट मिट जाता है। पेट में गैस बनती हो तो टट्टी की कब्ज हो, छाती में दर्द और सिर में चक्कर आते हों तो हरे और नारंगी पानी की दवा की 2–3 खुराकें रोजाना लेते रहने से शीघ्र लाभ होता है।

जी मिचलाना (Nausea)

उल्टियां पित्त के कारण हों तो नीले रंग के पानी की 2–3 खुराकों

से आराम मिल जाता है। यदि बदहजमी से हो तो हरा और नारंगी पानी देना चाहिए।

बदहजमी (Diarrhoea)

दस्त पतले आते हों या पेट में दर्द हो तो हरे और नीले रंग के पानी की खुराकें बारी–बारी से आवश्यकतानुसार देने से शीघ्र लाभ होता है।

पेचिस (Dysentery)

यदि पेट गर्म होकर दस्त लगते हों या पतले दस्त हों, साथ में आंव आती हो या खून गिरता हो, पेट में मरोड़ आते हों तो हरे और नीले पानी की दवा पेट में दें तथा पेट पर नीली किरणें 2 बार 15 मिनट तक डालें।

हैजा (Cholera)

पतले पानी जैसे दस्त और साथ में उल्टियां हों तो नीले पानी की 2–3 खुराकें एक घंटे के फासले से दें। कुछ आराम मिलने पर हरे और नारंगी पानी की दवा मिलाकर पेट में दें तथा नीली किरणें 15 मिनट तक बार-बार कुछ दिनों तक लगातार डालने पर बीमारी मिट जाती है। नीबू का पानी तथा छाछ या हल्का ठंडा तरल पदार्थ ही देना चाहिए।

यकृत (Liver)

यकृत की क्रिया सही न हो, भोजन भली प्रकार पचता न हो तो प्रात: 1 खुराक हरे पानी की दवा तथा भोजन के पश्चात नारंगी पानी की दवा दिन में 2 बार सेवन करने से तथा पेट

पर पीली किरणें दिन में 2 बार 15 मिनट तक डालने से रोग का निवारण होता है। यह प्रयोग तब तक करें जब तक पाचन-क्रिया सही न हो जाए। यकृत बढ़ी हुई हो, दर्द हो तो पेट में हरे पानी की दवा दिन में तीन बार दें। यकृत पर नीला तेल लगाएं।

आंतों में घाव (Ulcers)

आतों में घाव हो जाए या पेट में और कहीं हो जाए तो प्रातः 1 खुराक हरे पानी तथा 2 खुराक नीले पानी की दवा भोजन के पहले दें। पेट पर नीली किरणें 15 मिनट तक दिन में 2 बार डालने से घाव में आराम हो जाता है। इस रोग में तरल भोजन ही देना चाहिए।

पेट में कृमि (Worms in the Intestines)

प्रातः 1 खुराक हरे और 2 खुराक नारंगी पानी की दवा देने से कृमि नष्ट हो जाती हैं। नारंगी और हरे पानी की दवा मिलाकर भी दी जा सकती है। छोटी कृमि हो तो गुदा में नीला तेल लगाएं।

पीलिया (Jaundice)

इस रोग में हरे पानी की 1 खुराक, नीले पानी की 2 खुराकें पेट में देने से लाभ होता है। दोनों पानी–नीला 2 भाग, हरा 1 भाग–मिलाकर दे सकते हैं। रोग गम्भीर हो तो हरे पानी की दवा तीन घंटे में दें।

तिल्ली (Spleen)

तिल्ली बढ़ जाए तो हरे पानी की 1 खुराक, नारंगी पानी की 2 खुराकें रोजाना देने से तथा तिल्ली पर नारंगी तेल की मालिश तथा पीले रंग की किरणें डालने से लाभ आता है। अधिक प्रोटीन वाला पदार्थ खाने को न दें।

गुर्दे (Kidney)

गुर्दे में दर्द हो या छोटी पथरी हो तो हरे पानी की 1 खुराक, नारंगी पानी की 2 खुराकें रोजाना तथा नारंगी रंग की किरणें गुर्दे पर 15 मिनट तक डालने से लाभ होगा।

मधुमेह (Diabetes)

मधुमेह में हरे पानी की 3 खुराकें रोजाना दी जाएं। गर्मी के मौसम में हरे के साथ नीला पानी भी 1 भाग मिला सकते हैं। इस बीमारी में योगासन अथवा 2 मील का रोजाना घूमना अति लाभदायक है। सर्दी के मौसम में हरी के साथ नारंगी दवा का प्रयोग करें। काले चने की रोटी या सूप लाभदायक है।

पेड़ू तथा उसके नीचे के भाग की बीमारियां

पेशाब कम आता हो, रुक–रुककर आता हो अथवा खून आता हो या जलन हो तो हरे और नीले रंग की दवा पेट में दी जाए। 2–3 खुराकें रोजाना खानी चाहिए तथा पेडू पर नीला तेल लगाना व नीली किरणें डालनी चाहिए।

पेशाब अधिक आता हो, बार–बार आता हो, रोका नहीं जा सके तो हरी और नारंगी दवा का प्रयोग करना चाहिए। नारंगी दवा

की 2 खुराकें या 2 भाग नारंगी तथा 1 भाग हरी दवा मिलाकर तीन खुराकें दी जाएं पेड़ू पर नारंगी तेल या किरणें सुविधानुसार दिन में 2 बार प्रयोग करें। बरसात में नारंगी चीनी का प्रयोग करें।

सूजाक (Gonorrhoea)

सूजाक की तकलीफ होने पर पेट में हरी और नीली दवा की 2-3 खुराकें लें तथा नीले तेल की हलकी मालिश इंद्री और पेड़ू पर करें। यदि पस और सूजन हो तो नीली किरणें 15 मिनट तक डालें।

गर्मी (Syphilis)

गर्मी की बीमारी में पेट में हरे पानी की दवा की 3 खुराकें रोजाना तथा नीला तेल लगाएं या नीली किरणें डालें।

बिस्तर में पेशाब (Bedwetting)

ऐसा खासकर बच्चों को होता है, उसके लिए नारंगी दवा की तीन खुराकें रोजाना दें। नारंगी चीनी की एक खुराक खासकर सोते समय दें।

पीठ, घुटनों, जोड़ों, ण्ड़ी में दर्द (Backache, Pain in the Joints, Knees or Heels)

यदि पीठ में, घुटनों में, जोड़ों में या एड़ी में दर्द हो तो दिन में दो-तीन बार नारंगी तेल की मालिश करनी चाहिए। यदि दर्द वायु का हो तो पेट में नारंगी रंग के पानी का प्रयोग करें।

चर्म रोग (Skin Disorders)

शरीर पर खुजली, फुंसियां, पित्ती निकलना, खाज, दाद, एक्जिमा, सफेद दाग आदि होने पर हरी दवा की 2–3 खुराकें पेट में देने से और जिस स्थान, पर रोग हो वहां, दिन में 2 बार अच्छी तरह नीला तेल लगाने से बहुत जल्दी आराम आ जाता है।

शरीर पर कोई फोड़ा होता है तो पहले सूजन और चमड़ी लाल हो जाती है और दर्द होता है। उस स्थिति में नीला तेल लगाने से आराम मिल जाता है। यदि फोड़ा पकने की हालत में आ जाए तो दिन 3–4 बार में नारंगी तेल लगाना चाहिए तथा पेट में हरी दवा देनी चाहिए।

जलना (Burns)

शरीर का कोई भाग किसी प्रकार से जल जाए तो फौरन नीला तेल अच्छी तरह से जले हुए अंग पर लगाएं। पेट में हरी दवा दें। जल्दी आराम मिल जाएगा।

काटना (Insect Bite)

मच्छर, मधुमक्खी, टांटिया (पीली बड़ी मक्खी), बिच्छू आदि जहरीले जीवों के काटने पर नीला तेल लगाने से शीघ्र आराम मिल जाता है।

घाव (Wounds)

शरीर पर किसी भी प्रकार का घाव हो जाए तो नीले पानी से धोकर, नीला तेल लगाने से घाव शीघ्र भर जाता है।

हाथीपांव (Elephantiasis)

इस बीमारी में घुटने से नीचे का पूरा पैर सूजकर हाथी के पैर जैसा हो जाता है। रोगी को चलने-फिरने में कष्ट तथा बेचैनी होती है। इस बीमारी का इलाज बहुत कठिन है। रंग–चिकित्सा में सफल प्रयोग हुआ है। सूजे हुए पूरे पैर पर नीले तेल की मालिश तथा नीला रेडिएशन दिन में दो बार दिया जाए और पेट में हरी दवा दी जाए तो यह दुस्साध्य रोग मिट जाता है। समय अधिक लग सकता है।

सूजन (Inflammation)

शरीर में किसी प्रकार की सूजन या साधारण गांठों पर नीले तेल तथा नीली किरणों के प्रयोग से लाभ होता है। सर्दी के कारण सूजन अथवा दर्द हो तो नारंगी तेल की मालिश करनी चाहिए। पेट में हरी दवा देनी चाहिए।

बवासीर (Piles)

बवासीर की बीमारियों में मस्से बाहर निकलते हैं। दर्द और जलन होती हो तो हरा या नीला तेल मस्सों पर तथा गुदा के भीतर दिन में दो-तीन बार अच्छी तरह लगाएं। पेट में हरे पानी की दवा दो-तीन खुराक रोजाना दें। यदि खून गिरता हो तो पेट में नीले पानी की दवा दिन में दो-तीन बार दें।

रक्त की कमी (Anaemia)

शरीर में रक्त की कमी हो, रक्त में लाल कण बहुत कम हो गए हों तथा किसी लम्बी बीमारी के पश्चात् शरीर में दुर्बलता

अधिक हो, नाड़ी-संस्थान दुर्बल हो गया हो तो हरे और नारंगी पानी की दवा के सेवन से लाभ होता है। रक्त की कमी की पूर्ति होती है नारंगी दवा से।

पक्षाघात (Paralysis)

शरीर के किसी अंग में लकवा मार गया हो तो 1 कप (चाय का) हरा पानी प्रातः खाली पेट तथा नारंगी पानी की दवा की 2 खुराकें रोजाना देने से तथा लकवा वाले अंग पर नारंगी तेल की मालिश तथा नारंगी किरणें दिन में दो-तीन बार डालने से तथा व्यायाम करने से लकवा में आराम मिलता है।

चेचक (Chicken Pox or Small Pox)

बड़ी या छोटी माता में हरे पानी की दवा 3 भाग तथा पारदर्शी बोतल के पानी की दवा 1 भाग मिलाकर दिन में दो बार तथा केवल हरे पानी की दवा 1 कप (चाय का) प्रातः देनी चाहिए। यदि बुखार तेज हो, सिर में दर्द अधिक हो तो ललाट पर नीला तेल लगाना चाहिए फुंसियों में दर्द अधिक हो तो नीली किरणें 10 मिनट डालने से शांति मिलेगी।

सायटिका (Sciatica)

यह बीमारी बहुत ही कष्टदायक होती है। इसमें हरे और नारंगी पानी की दवा बराबर भागों में मिलाकर 3 खुराकें रोजाना देनी चाहिए तथा दर्द वाली पूरी टांग पर नारंगी तेल की मालिश करना तथा नारंगी किरणें डालनी चाहिए।

बच्चों के रोग (Children's Ailments)

उपरोक्त शिकायतों में तो ऊपर लिखे अनुसार चिकित्सा करें। केवल दवा की मात्रा आयु के अनुसार दें जो पहले बताई गई है।

बड़ी खांसी या कुत्ता खांसी

2 भाग नारंगी पानी की दवा और 1 भाग हरे पानी की दवा मिलाकर दें तथा छाती और छाती के पीछे पीठ पर लाल तेल की मालिश करें।

दांत निकलते समय (Teething)

पारदर्शी बोतल का पानी पिलाते रहें, यदि कष्ट अधिक हो, दस्त लगते हों तो पेट में पारदर्शी बोतल का पानी तथा नीली बोतल का पानी बराबर-बराबर मिलाकर दें। सिर में नीला तेल लगाएं।

स्त्रियों के रोग (Gynaecological Problems)

मासिक स्राव में कमी हो, दर्द होता हो तो 2 भाग नारंगी पानी, 1 भाग हरा पानी मिलाकर 3 खुराकें रोजाना भोजन के बाद दें। पेड़ू पर नारंगी तेल की मालिश करें। यदि मासिक स्राव अधिक हो तथा अधिक समय तक हो तो नीले पानी की दवा 2 भाग और हरे पानी की दवा 1 भाग मिलाकर दिन में 3 बार भोजन के पहले दें तथा पेड़ू पर नीले तेल की मालिश करें।

श्वेत प्रदर (Leucorrhoea)

लूकोरिया की शिकायत हो तो पेट में नीले पानी की दवा 2 भाग, हरा पानी 1 भाग मिलाकर रोजाना 3 बार दें तथा यूट्रस में नीले

पानी की डूश दिन में दो बार देने से बीमारी मिटती है। समय की अपेक्षा है।

कब्ज (Constipation)

दस्त न लगता हो, मल की गांठें बन गई हों तो प्रातःकाल 1 कप हरे पानी की दवा, भोजन के बाद एक कप नारंगी पानी की दवा दिन में 2 बार लें।

मोटापा (Obesity)

किसी व्यक्ति के शरीर पर चर्बी अधिक बढ़ गई हो अथवा शरीर का वजन बहुत बढ़ गया हो तो फालतू चर्बी अथवा वजन घटाने के लिए निम्न चिकित्सा करें-

1. प्रात: 1 कप (चाय का प्याला) हरे पानी की दवा खाली पेट लें और दोनों समय भोजन के बाद आधा कप नारंगी दवा लें।

2. रोजाना रात में क्पड़े उतारकर लाल बत्ती का रेडिएशन 10 मिनट, फिर सफेद रोशनी में 5 मिनट और फिर लाल रेडिएशन 10 मिनट और सफेद रोशनी में 5 मिनट बैठें। इस प्रकार आधा घंटे का इलाज रोजाना एक ही टाइम पर 40 दिन तक करें।

3. भोजन में गेहूं, लाल और पीले रंग के फल जैसे चेरी, तरबूज, आम, पपीता, नारंगी, नींबू, टमाटर, प्याज आदि अधिक खाने चाहिए। चावल, चीनी, घी और आलू नहीं खाने चाहिए।

4. बारी–बारी से 20 मिनट तक लाल और सफेद रंग का ध्यान करें। रेडिएशन और ध्यान के समय शरीर का शिथिलीकण बहुत लाभदायक होता है। इस चिकित्सा से आराम से वजन घट जाता है। ध्यान रखें जिस व्यक्ति का ब्लड-प्रेशर अधिक हो, उसको यह चिकित्सा नहीं करनी चाहिए।

डॉक्टरों की मान्यता है कि व्यक्ति के शरीर की लम्बाई के साथ संतुलित वजन होना चाहिए। उनका कहना है कि साधारणतया एक फुट लम्बाई के शरीर का वजन 10 किलोग्राम होना चाहिए यानी 5 फीट लम्बे व्यक्ति के शरीर का वजन 50 किलोग्राम होना चाहिए। इस प्रकार हर व्यक्ति अपना वजन, उचित है अथवा अनुचित, का हिसाब लगा सकता है।

हिस्टीरिया (Hysteria)

हिस्टीरिया की चिकित्सा नीले रंग से करनी चाहिए। नीले पानी की दवा पेट में तथा नीली किरणें सिर पर डालना और नीले हरे रंग के कपड़ों का प्रयोग करना चाहिए। सिर पर नीला तेल लगाएं।

प्रत्येक रोग की तीव्रता को कम करने के लिए तथा रोग-निवारण के लिए कायोत्सर्ग (शिथिलीकरण) तथा श्वास-प्रेक्षा करें। मन को रोग के स्थान पर एकाग्र कर मंद गति से दीर्घ श्वास लें, दिन में 2 बार आधे घंटे तक अभ्यास करें।

रोगानुकूल चिकित्सा करने के लिए निम्नलिखित मुद्दों पर मैं चिकित्सकों का ध्यान आकर्षित करना जरूरी समझता हूं :

1. रोगी का स्वभाव, शरीर की प्रकृति और मौसम का ध्यान रखना आवश्यक है।
2. जिस रोगी के शरीर में 2-3 बीमारियां हों तो पहले गम्भीर रोग की चिकित्सा करनी चाहिए, फिर अन्य रोगों की।
3. रोगी की सभी शिकायतों को समझकर दवाओं का निर्धारण करें।
4. कोई दवा अनुकूल न पड़े, और किसी प्रकार कष्ट बढ़ता दिखे तो दवा में परिवर्तन करें।
5. दवा निश्चित करते समय दवा की प्रकृति का ध्यान रखें जो पहले बताई गई है।
6. असाध्य रोगों को अथवा रोग अंतिम श्रेणी में पहुंच गया हो तो चिकित्सा का खतरा न उठाएं क्योंकि परिणाम की जिम्मेदारी चिकित्सक की होती है।
7. चिकित्सा का अनुभव बढ़ाने के लिए इस चिकित्सा के ग्रंथों का अध्ययन करना आवश्यक है।
8. उपरोक्त इलाज साधारण तौर पर साधारण रोगों के लिए बताए गए हैं। अन्य रोगों की चिकित्सा करने के लिए चिकित्सक अपना अनुभव काम में लाएं।
9. हरे पानी की दवा निरापद है तथा प्रायः रोगों में लाभदायक है इसलिए उसकी मात्रा 1 कप (चाय का) प्रातः खाली पेट दी जा सकती है। अन्य दवाओं की मात्रा निर्देश के अनुसार लेनी चाहिए।

10. विशेष रोगों की चिकित्सा के लिए चिकित्सक को साधना केंद्र में आयोजित शिविर में प्रशिक्षण लेना चाहिए।

11. मुख्य चिकित्सा नारंगी और नीला इन दो रंगों से होती है। रोगी के शरीर मे किस रंग की कमी या अधिकता है इसको समझकर रंगों का संतुलन कर देने से रोग मिट जाते हैं।

8

आहार

स्वास्थ्य–रक्षा तथा स्वास्थ्य–प्राप्ति के लिए आहार, जल और वायु का ध्यान रखना आवश्यक है। जीवनी शक्ति देने वाली ऑक्सीजन की प्राप्ति के लिए रोजाना हरियाली वाले स्थानों में बैठना या घूमना चाहिए। जल और आहार शुद्ध होना चाहिए। आजकल मिलावट के जमाने में खाद्य सामग्री खरीदने में सावधानी रखना जरूरी है। तली हुई चीजें, अधिक मिर्च–मसाले तथा खोया और मैदा से बने पदार्थों का सेवन बहुत हानिकारक होता है। इससे पाचन–शक्ति बिगड़ जाती है और अनेक रोग उत्पन्न होने की सम्भावनाएं बन जाती हैं। अनियमित और अधिक भोजन भी बहुत हानिकारक होता है। पानी अवश्य अधिक मात्रा में पीना चाहिए। भोजन पूरी तौर से चबाकर खाना तथा पानी धीरे–धीरे पीना बहुत लाभदायक साबित हुआ है। भूख से थोड़ा कम

खाने वाला व्यक्ति जल्दी बीमार नहीं होता और अधिक कार्यशील होता है। जैन धर्म में तो इसको ऊणोदरी तप की संज्ञा दी गई है।

रोगी व्यक्ति के लिए तो उपरोक्त सभी तथ्यों का ध्यान रखना अत्यंत आवश्यक है।

रंग–चिकित्सा में खाने-पीने की वस्तुओं का प्रभाव भी रंगों की दृष्टि से माना गया है–जैसे लाल रंग की सब्जियां और फलों का प्रभाव गर्म होता है, हरे रंग की सब्जियां मादल एवं नीले और सफेद रंग की सब्जियां तथा फल ठंडे होते हैं। इसी प्रकार खाद्यान्न तथा खाने-पीने के पदार्थों का गुण भी रंग के आधार पर लिया गया है।

यही सिद्धांत वात, पित्त और कफ–तीनों दोषों के आधार पर साधारणतया लागू होता है। जैसे लाल रंग की सब्जियां, फलादि पित्तकारक, सफेद रंग की कफकारक तथा हरे रंग की मादल होती हैं।

सर्दी, खांसी आदि कफजनित रोग वाले व्यक्ति को गर्म प्रकृति वाले पदार्थ देने चाहिए। उसके लिए ठंडी प्रकृति वाले पदार्थ वर्जित हैं–जैसे दही, चावल, मूली, शलगम, संतरा। इसी तरह पित्तजनित रोगों में ठंडी प्रकृति के पदार्थ देने चाहिए, गर्मी करने वाले नहीं। फलों के रस तथा सब्जियों के सूप आदि पीने वाले पदार्थों पर भी यही नियम लागू होता है।

रंग-चिकित्सा की एक और खूबी है। कफजनित रोगों में अनेक पेय पदार्थ जैसे दूध व फलों तथा सब्जियों के रस को नारंगी रंग की बोतल में आधा घंटे रखकर दिया जा सकता है, क्योंकि उसकी कफ बनाने वाली प्रकृति परिवर्तित हो जाती है।

मुख्यतया रोग दो प्रकार के होते हैं। पहला तीव्र रोग–जैसे बुखार,

डायरिया/बदहजमी/हैजा आदि और दूसरा पुराना रोग या क्रॉनिक, जो अनेक प्रकार का हो सकता है।

तीव्र रोगों में ठोस आहार बिल्कुल नहीं देना चाहिए। पीने वाले द्रव्य भी अनुकूल और कम मात्रा में देने चाहिए। तेज बुखार में तो लंघन या अल्प अवधि उपवास करना बहुत उत्तम होता है। पुराने रोगों में भी उपरोक्त सभी बातों पर पूर्ण ध्यान रखना चाहिए। सब्जियों तथा फलों का अधिक सेवन ही लाभदायक है क्योंकि इनसे पाचन–क्रिया तथा अन्य अंगों की क्रिया पर दबाव नहीं पड़ता, रोग के निदान में बहुत सहायता मिलती है।

रोगी व्यक्ति के पथ्य का निर्णय करने में रोग की प्रकृति तथा रोगी के शरीर की स्थिति का पूरा ध्यान रखना आवश्यक है। मौसम का भी खयाल रखना चाहिए। दुर्बल व्यक्ति को ठोस आहार नहीं देना चाहिए। तरल आहार-मूंग का पानी, जौ का पानी, नींबू पानी या दलिया आदि आवश्यकतानुसार देना चाहिए। ठोस आहार में अंकुरित धान, मूंगफली, सोयाबीन आदि देना अधिक गुणकारी होता है। आहार की मात्रा इतनी ही दी जाए जो आसानी से पच जाए। चीनी यथासम्भव बंद कर देनी चाहिए। उसका विकल्प शहद सर्वश्रेष्ठ माना गया है। अनुकूल फलों और सब्जियों का रस निरापद आहार होता है। पथ्यापथ्य का निर्णय भी अधिकांश चिकित्सकों के अनुभव पर निर्भर करता है। विचारशील रोगी भी अपनी अनुकूलता बता सकता है।

प्रोटीन, चिकनाई आदि की आवश्यकता की पूर्ति के लिए खाद्य पदार्थों के तत्त्वों का चार्ट देखें।

मांसाहारी भोजन बहुत हानिकारक होता है। रोगी व्यक्ति को तो मांसाहारी भोजन लेना ही नहीं चाहिए।

आज संसार के प्रत्येक कोने से डॉक्टर एवं वैज्ञानिक यह चेतावनी दे रहे हैं कि मांसाहार कैंसर तथा असाध्य रोगों को उत्पन्न करता है तथा मनुष्य की आयु को घटाता है। अतः तन–मन एवं भावना से स्वस्थ रहने के इच्छुक व्यक्तियों को मांसाहार से दूर रहना होगा।

9

निदान

चिकित्सा के पहले रोग का सही निदान (डाइग्नॉसिस) होना अत्यावश्यक है। निदान की अनेक विधियां हैं। साधारण चिकित्सक के काम में आने वाली सामान्य विधियां अनेक प्रकार की हैं।

रोग का मूल कारण शरीर में विजातीय द्रव्य की अधिकता है। इस विजातीय द्रव्य का प्रभाव जिस अंग पर पड़ता है उसकी क्रिया असंतुलित हो जाती है अथवा जहां दूषित व विषैले द्रव्य एकत्रित हो जाते हैं वहीं उनका विस्फोट होकर नया रोग पैदा हो जाता है। ऐसे विजातीय द्रव्यों की प्रकृति को समझने के लिए आयुर्वेदशास्त्र में तीन प्रकार की प्रकृति मानी गई है–वात, पित्त और कफ। इन्हें त्रिदोष कहा गया है। आयुर्वेद के अनुभवी वैद्य नब्ज (नाड़ी) पर हाथ रखकर दोष की अधिकता को समझ लेते हैं।

रोग का निदान करने में हमने भी इन तीनों दोषों का आधार लिया

है ताकि रोग समझ लेने में तथा चिकित्सा करने में सुविधा हो।

नाड़ी–परीक्षा के अलावा दोषों की अधिकता को समझने के लिए शरीर में पाए जाने वाले लक्षण बहुत सहायक होते हैं।

शरीर में प्रकट होने वाले लक्षण

पहचान	वातजन्य दोष (वायु के रोग)	पित्त जन्य दोष (गर्मी के रोग)	कफजन्य दोष (सर्दी के रोग)
जीभ का रंग	मैला	लाल	सफेद
जीभ का स्वाद	अस्वाद	कड़वा	फीका
पेशाब का रंग	मैला	पीला	सफेद
पेशाब की मात्रा	–	कम	अधिक
भूख	कम	अधिक	कम
प्यास	अधिक	अधिक	कम
पसीना	कम	अधिक	कम
नेत्रों का रंग	मैला	लाल	सफेद
त्वचा (चमड़ी)	सूखी	गर्म	शीतल
शरीर	स्थूल	दुबला	-

प्रत्येक दोष के प्रकोप में यह आवश्यक नहीं कि उपरोक्त सभी लक्षण मिलते हों। अधिकांश लक्षण नहीं मिलते हों तब रोगी की शिकायतों अथवा कष्टों को मिलाकर निदान करना चाहिए। इस निर्णय में रोगी की मानसिक प्रकृति का भी ध्यान रखना चाहिए। रोगी गर्म मिजाज का गुस्से वाला है तो ठंडा इलाज चाहिए और यदि सुस्त

(ढीला–ढाला) है तो उसको गर्म इलाज चाहिए।

पहले लाल, फिर हरे और फिर नीले रंग की चमकीली गोल पट्टियां एक–दूसरे में चिपका लें। अपने निदान को पुष्ट करने के लिए उनको रोगी को दिखाकर पूछें कि तीनों में से आपको कौन-सा रंग अधिक प्रिय है। आमतौर पर रोगी वही रंग पसंद करेगा, जिसकी उसके शरीर में कमी है। रोगी का प्रिय रंग आपके चुने रंग से अधिकतर मिल जाना चाहिए। कभी-कभी इसमें थोड़ा अंतर भी रहता है। तब रोगी के कष्टों और लक्षणों के आधार पर ही चिकित्सा करनी चाहिए। मूल रंग का चुनाव नारंगी और नीले रंग में से ही करना जरूरी है। हरा रंग तो अधिकतर दोनों के साथ चल सकता है, जैसे किसी को कफजनित बुखार या निमोनिया हो गया है तो मुख्य चिकित्सा नारंगी रंग की होगी और साथ में कफ निकालने के लिए तथा उदर–शुद्धि के लिए हरे रंग की दवा देनी चाहिए। यदि किसी रोगी को दाह ज्वर है या लू लग गई है या शरीर में कोई अंग सेप्टिक हो गया है, कहीं मवाद की उत्पत्ति हो गई है तो प्रमुख चिकित्सा नीले रंग की होगी, परंतु विजातीय द्रव्य को शरीर से बाहर निकालने के लिए हरे रंग की दवा का प्रयोग आवश्यक होता है।

पांच–सात दिन दवा देने पर यदि बीमारी में तनिक भी लाभ महसूस न हो तो पेट में दी जाने वाली दवा अथवा ऊपरी चिकित्सा में परिवर्तन करके भी देखना चाहिए। कई पुरानी बीमारियों में आराम मिलने में समय अधिक लगता है, इसलिए चिकित्सा से कष्ट में किसी प्रकार की वृद्धि न हो तो चिकित्सा लम्बे समय तक चलाई जानी उपयुक्त है। वास्तव में रोग का निदान करने में चिकित्सक का अपना अनुभव ही अधिक कारगर होता है जो अध्ययन और प्रयोग द्वारा प्राप्त किया जा सकता है।

रक्तचाप (ब्लड प्रेशर) की जांच यंत्र द्वारा अवश्य कर लेनी चाहिए। आवश्यकता हो तो खून, पेशाब तथा टट्टी की जांच विशेषज्ञ डॉक्टर द्वारा करवा लेनी चाहिए।

बुखार की गर्मी की जांच थर्मामीटर से करनी आवश्यक है।

10

दवाओं के तत्त्व और उनकी सूक्ष्मता

हमने रंग–चिकित्सा को अन्य चिकित्सा–पद्धतियों की तुलना में अधिक प्रभावशाली बताया है कि यह अधिक स्वाभाविक है। इसके अतिरिक्त एक और विशेष कारण इसकी आश्चर्यकारी सूक्ष्मता। Dr. Reuben Amber की पुस्तक Color Therapy के अनुसार साधारण पानी, चीनी या तेल आदि रंगीन बोतलों में डालकर धूप में रख देने से ही सूर्य-किरणों द्वारा उनमें रासायनिक एवं धातुओं की बराबरी के भिन्न-भिन्न तत्त्व (अगला पृष्ठ देखें) तीनों रंगों में उत्पन्न हो जाते हैं।

कुछ अन्य तत्त्व भी पैदा होते हैं। इनमें कोई स्थूल पदार्थ की मिलावट नहीं रहती, फिर भी सारे तत्त्व सूर्य-किरणों के प्रकम्पनों

तीनों रंगों में उत्पन्न होने वाले द्रेव्यों की तालिका

नारंगी रंग में		हरे रंग में		नीले रंग में	
अलकालीन	(Alkaline)	बेरियम	(Barium)	एल्यूमिनियम	(Aluminum)
बेरियम	(Barium)	कार्बन	(Carbon)	बेरियम	(Barium)
तांबा	(Copper)	क्लोरोफिल	(Chlorophyl)	केडमियम	(Cadmium)
लोहा	(Iron)	क्लोरिन	(Chlorine)	क्लोरोफॉर्म	(Chloroform)
आरसेनिक	(Arsenic)	तांबा	(Copper)	तांबा	(Copper)
कैल्शियम	(Calcium)	निकल	(Nickel)	सीसा	(Lead)
हाइड्रोजन	(Hydrogen)	नाइट्रोजन	(Nitrogen)	निकल	(Nickel)
कार्बन	(Carbon)	प्लेटिनम	(Platinum)	ऑक्सीजन	(Oxygen)
निकल	(Nickel)	सोडियम	(Sodium)	फॉसफेरिक एसिड	(Phospheric Acid)
एल्यूमिनियम	(Aluminum)	रेडियम	(Radium)		
मैगनीज	(Manganese)	हाइड्रोक्लोरिक एसिड	(Hydrochloric Acid)	टिन	(Tin)
				जस्ता	(Zinc)
		फेरस सल्फेट	(Ferrous Sulphate)		

(वाइब्रेशंस) द्वारा कांच के भीतर उत्पन्न हो जाते हैं और भिन्न-भिन्न गुणों से युक्त रहते हैं।

सूक्ष्म की शक्ति स्थूल से अधिक प्रभावकारी होती है।

इस तथ्य का परीक्षण अनेक रसायनशालाओं में बार-बार किया जा चुका है और उसके परिणामों का प्रकाशित साहित्य उपलब्ध है। संसार की अन्य सभी दवाएं स्थूल पदार्थों का उपयोग करके बनाई जाती हैं। होम्योपैथिक दवाएं और एलोपैथिक के इंजेक्शन भी स्थूल पदार्थों से ही बनते हैं।

यह भी विचारणीय है कि इन चिकित्सा–पद्धतियों की सभी दवाएं बनाने में काफी समय और श्रम लगता है। उनके अनुसंधानों में अपार जीवों की नृशंस हिंसा होती है और खर्च का तो अनुमान ही नहीं लगाया जा सकता है। यही कारण है कि ये दवाएं साधारण व्यक्ति के लिए अत्यंत महंगी पड़ती हैं। और सामान्य व्यक्ति इनका प्रयोग करने में असमर्थ रहता है। रंग-चिकित्सा की दवाएं तैयार करने में कम–से–कम समय, श्रम और अर्थ लगता है। पच्चीस–पचास रुपयों में सैकड़ों रोगियों की चिकित्सा हो जाती है।

प्रत्येक रंग की दवा में जो भिन्न–भिन द्रव्य उत्पन्न होते हैं, जिनकी तालिका हमने पृष्ठ 69 पर दी है, वह रंग–चिकित्सा के ग्रंथों के आधार पर दी गई है। यह कल्पित नहीं है, अनेक अनुसंधानशालाओं में परीक्षण के परिणामानुसार दी गई है। विशेष तौर पर हमने भी अनुभव किया है कि रंगीन बोतल में पानी भरकर आठ घंटे धूप में रख देने के पश्चात् उस पानी का स्वाद बदल जाता है, जबकि वही पानी किसी धातु या मिट्टी के बर्तन में कितने ही समय रखो, स्वाद नहीं बदलता। वास्तव

में यह सूर्य–किरणों की शक्ति का आश्चर्यकारी प्रभाव है कि रंगीन बोतल के पानी में लोहा, तांबा, जस्ता, चांदी आदि धातुएं भी उत्पन्न हो जाती हैं। और यही कारण है कि ये दवाएं रोगों को मिटाने में सक्षम होती हैं।

11

मनोवैज्ञानिक चिकित्सा

हम पहले बता चुके हैं कि हमारे मन के सम्पूर्ण विचारों के प्रकम्पन रंगीन होते हैं। इसी तरह हमारी आंतरिक भावनाएं भी रंगीन होती हैं। जैन दर्शन में भावधारा को लेश्या शब्द से सम्बोधित किया गया है। ये लेश्याएं छह प्रकार की बताई गई हैं–कृष्ण लेश्या, नील लेश्या, कापोत लेश्या, तेजो लेश्या, पद्म लेश्या, शुक्ल लेश्या। इन सबके नाम भी रंगों के आधार पर रखे गए हैं। हमारी भावनाओं और विचारों के अनुकूल हमारे स्थूल शरीर के चारों ओर एक सूक्ष्म शरीर अंडाकार बना रहता है और प्रतिक्षण परिवर्तित होता रहता है। इस शरीर को आभामंडल (ओराबॉडी) कहते हैं। हमारी भावधारा शुद्ध होती है तो आभामंडल के रंग सुंदर और चमकीले होते हैं और भावधारा विकृत होती है तो आभामंडल के रंग गंदे, मैले और धब्बेदार हो जाते हैं। आभामंडल को देखकर योग–प्रज्ञावान सिद्ध पुरुष उस व्यक्ति की

सम्पूर्ण पहचान कर लेते हैं।

रंग, मन और भावना–इन तीनों में घनिष्ठ सम्बंध है। इससे दो तथ्य हमारे सामने उभरते हैं :

अपनी भावना के रंगों से तथा मानसिक एकाग्रता से हम अपने स्थूल शरीर को भी शुद्ध यानी रोगमुक्त कर सकते हैं और आवश्यक रंगों का ध्यान करके अपने विचारों और भावनाओं को भी विशुद्ध बना सकते हैं।

श्वास द्वारा रंगों का प्रयोग

हमारे स्थूल शरीर में कोई अंग रुग्ण हो गया हो अथवा उसकी स्वाभाविक क्रिया असंतुलित हो गई हो तो श्वास–क्रिया द्वारा उस अंग को संतुलित किया जा सकता है। जो रंग चाहिए उसी रंग की कल्पना करने से वह रंग हमारे शरीर के चारों ओर प्रकट हो जाएगा। फिर उस रुग्ण अंग पर या जिस स्थान में रंग पहुंचाना है उस स्थान पर मन को एकाग्र करके गहरे श्वास लेने से कार्य-सिद्धि होती है। मन की एकाग्रता से वह रंग वहीं पहुंचकर उस रोग को शांत कर देगा। किस रोग को शांत करने के लिए किस रंग की जरूरत है, यह जानकारी हम पहले दे चुके हैं। उदाहरणार्थ यदि किसी बीमारी के चलते यकृत (लिवर) की स्वाभाविक क्रिया मंद हो गई हो तो नीले रंग की कल्पना करके मन को यकृत पर एकाग्र करें और गहरे श्वास लें; तो नीला रंग यकृत में पहुंचकर उसे स्वस्थ बना देगा।

यदि आपके पूरे शरीर में किसी रंग की आवश्यकता है तो शिथिल और स्थिर होकर उस रंग का ध्यान करने से पूरा शरीर उस रंग से प्रभावित हो जाएगा। अगर शरीर में जलन है तो नीले रंग का ध्यान करें और शरीर सर्दी के मारे ठिठुर रहा है तो लाल रंग का ध्यान करें।

अल्प समय में लाभ प्राप्त हो जाएगा। ध्यान के समय की अवधि मन की एकाग्रता पर निर्भर करती है। इस विधि से सहज ही हम स्वयं अपनी चिकित्सा कर सकते हैं।

हम चाहें तो किसी भी रंग के पानी की दवा पांच मिनट में बन सकती है। किसी गिलास या कटोरी में 2–4 औंस पानी भरकर उस पानी से आधा इंच ऊपर अपने दाहिने हाथ की पांचों अंगुलियों को स्थिर करें और जिस रंग की दवा बनानी हो उसकी कल्पना करके मन को पानी पर एकाग्र कर दीजिए, पांच मिनट में उस रंग की दवा बन जाएगी। यह अंगुलियों से निकलने वाली ऊर्जा शक्ति का प्रभाव है। हमारी सब अंगुलियों के सिरे से विद्युत-चुम्बकीय लहरें (इलेक्ट्रो-मैगनेटिक वेव्ज़) निरंतर निकलती रहती हैं। इन्हीं लहरों द्वारा इच्छित रंग पानी में प्रविष्ट होकर दवा बना देता है। इसी प्रकार भावनाएं, कल्पनाएं तथा मानसिक एकाग्रता से रंगों के अनेक प्रयोग किए गए हैं और किए जा सकते हैं।

मानसिक शक्ति द्वारा रंगों का प्रयोग

यदि किसी रोगी के शरीर में किसी विशेष रंग की आवश्यकता है तो चिकित्सक उस रंग की कल्पना करके रोगी की आंखों में अपने नेत्रों की पैनी दृष्टि अपलक कुछ मिनट डाले तो वह रंग रोगी के शरीर में प्रविष्ट हो जाएगा और अपना प्रभाव लाएगा।

दूसरी विधि यह है कि व्यक्ति के अंग–विशेष में कोई रोग हो तो चिकित्सक आवश्यक रंग की कल्पना करके उस अंग पर एकाग्र मन से अपनी पैनी दृष्टि चंद मिनट डाले तो वह रंग रोग के स्थान में पहुंचकर रोग को शांत करेगा।

यह, तीसरी विधि भी बहुत प्रभावशाली हो सकती है कि रुग्ण अंग पर आवश्यक रंग की कल्पना करके अपने दोनों हाथों की अंगुलियां उस अंग पर एकाग्र मन से घुमाएं तो अंगुलियों से निकलने वाली विद्युत चुम्बकीय तरंगों द्वारा वह रंग शरीर के भीतर प्रवेश कर उस अंग में एकत्रित विजातीय द्रव्य को बिखेर देगा और रोग में आराम आ जाएगा।

हजारों किलोमीटर दूर बैठे हुए रोगी की भी रंग-चिकित्सा की जाती है। मानसिक शक्ति के प्रकम्पनों में स्थान की दूरी और समय की कोई बाधा नहीं होती–प्रकम्पन सम्पूर्ण ब्रह्मांड में फैलते हैं। मन की गति सबसे अधिक तीव्र होती है।

उपरोक्त सिद्धांत के अनुसार सैकड़ों किलोमीटर दूर बैठे रोगी के शरीर में या किसी एक अंग में रोग हो तो उसका विवरण तथा रोगी का फोटो चिकित्सक के पास भेज दी जाए तो चिकित्सक उस रोग को मिटाने वाले रंग का निर्णय करके रोगी का फोटो अपने सामने रखकर आवश्यक रंग की कल्पना कर रोग के स्थान पर मन को एकाग्र करके रोग–निवारण का चिंतन करे तो चिकित्सक के मानसिक प्रकम्पन उस रंग को रोगी के शरीर में पहुंचा देते हैं और रोग में लाभ हो जाता है।

अमेरिका में एक डॉक्टर हैं, जो रोगी के नाम और पते की जानकारी से भी सुदूर चिकित्सा करता है। उस डॉक्टर का पता इस प्रकार है–Lin Martin 33, Sconic Ave. Sananse LN 10 C.A. 94960 USA है जो कुछ समय पहले दिल्ली में एक आयोजन में मुझसे मिले थे।

इसी प्रकार एक चीनी डॉक्टर माकेरिग सुम मलेशिया में अपने घर में रात को 12 बजे से 2 बजे तक चिकित्सा करता है। सैकड़ों मील दूर बैठे रोगी का नाम बार–बार दोहराकर उसके स्वस्थ होने का

चिंतन 15 मिनट अपने एकाग्रमन से करता है और रोगी का रोग मिट जाता है। इस प्रकार 40 वर्षों में डॉ. सुम सैकड़ों रोगियों का सफल इलाज कर चुके, बतलाते हैं। इसका पूरा विवरण ता. 17–27–1991 के दैनिक सन्मार्ग सत्र में प्रकाशित हुआ है।

मानसिक शक्ति से केवल साधारण रोग की चिकित्सा ही नहीं, अपितु शरीर का ऑपरेशन (Operation) भी किया जा सकता है। फिलीपाइंस देश में ऐसे अनेक डॉक्टर और अनेक चिकित्सालय (Clinics) हैं जहां जरूरी ऑपरेशन किए जाते हैं। एक महिला के पेट में बड़ी गांठ (Tumour) थी। उसके पेट का ऑपरेशन बिना किसी चाकू आदि औजार के किया गया। गांठ निकाल दी गई। पेट वापस जुड़ गया और रोगी को पता तक नहीं चला।

इस ऑपरेशन की डोक्युमेंट्री फिल्म (Documentary film) मैंने स्वयं बम्बई में देखी है। मानसिक शक्ति और रंगों के चमत्कार कल्पनातीत होते हैं।

रंगों द्वारा मानसिक व भावात्मक स्वास्थ्य

रंगों द्वारा मानसिक तथा भावनात्मक स्वास्थ्य–प्राप्ति अद्‌भुत तथ्य है। हम अपनी चेतना के शक्ति–केंद्रों पर मन को एकाग्र कर विभिन्न रंगों का ध्यान करके अपने विचारों और भावनाओं को विशुद्ध बना सकते हैं एवं आभामंडल को परिवर्तित कर सकते हैं। ज्ञान केंद्र (सहस्त्रार चक्र) पर श्वेत रंग का, दर्शन केंद्र (आज्ञा चक्र) पर अरुण रंग का, विशुद्धि केंद्र (विशुद्धि–चक्र) पर नीले रंग का ध्यान करने से शारीरिक, मानसिक एवं भावात्मक तीनों प्रकार के स्वास्थ्य की प्राप्ति हो सकती है।

इन केंद्रों पर रंग–विशेष के ध्यान का प्रभाव हमारी ग्रंथियों पर पड़ता है। उनके आभ्यांतरिक स्राव (Hormons) सही व संतुलित हो जाते हैं। हमारा ग्रंथि–तंत्र हमारे नाड़ी–तंत्र को प्रभावित करता है एवं नाड़ी–तंत्र से पूरा शरीर प्रभावित होने से हमारा स्वास्थ्य स्वत: अनुकूल और निरुज हो जाता है।

चैतन्य केंद्र हमारे शरीर के समस्त अवयवों को सक्रिय करने वाले हैं। उनकी सम्पूर्ण क्रियाओं को संतुलित कर देते हैं, हमारे शरीर में रासायनिक परिवर्तन कर देते हैं।

ये ही शक्ति केंद्र हमारी इंद्रियों और मन को भी संचालित करते हैं। केंद्र-विशेष पर रंग-विशेष का ध्यान करने से हमारी वृत्तियां विशुद्ध हो जाती हैं। वासनाओं और कषायों पर नियंत्रण स्थापित हो जाता है एवं ज्ञान, शक्ति और आनंद के स्रोत खुल जाते हैं। हमारे प्राचीन योगियों ने चैतन्य केंद्रों की खोज की और वर्तमान के शरीर-वैज्ञानिकों ने अंतःस्त्रावी ग्रंथियों की खोज की। इनका आपस में निकटतम सम्बंध है। ये एक–दूसरे को प्रभावित करते हैं।

किस–किस चैतन्य केंद्र पर ध्यान करने से कौन–कौन सी ग्रंथि प्रभावित होती है, चार्ट में देखें।

अतः रंग–चिकित्सा के लिए मानसिक एकाग्रता तथा ध्यान का अभ्यास अत्यंत महत्त्वपूर्ण है। इससे वह हर प्रकार के रोगी की सम्पूर्ण चिकित्सा करके मनुष्य को सुखी बना सकता है। मानसिक शक्ति और ध्यान की प्रक्रिया को साथ जोड़े बिना रंग–चिकित्सा अधूरी रह जाती है।

चक्र	चैतन्य केंद्र	प्रभावित ग्रंथि
सहस्नार	ज्ञान केंद्र	सभी ग्रंथियां
आज्ञा	दर्शन केंद्र	पिट्यूटरी, पीनियल
विशुद्धि	विशुद्धि केंद्र	थाइरॉयड
अनाहत	आनंद केंद्र	थाइमस
मणिपुर	तेजस केंद्र	एड्रीनल
स्वाधिष्ठान	स्वास्थ्य केंद्र	गोनाड
मूलाधार	शक्ति केंद्र	गोनाड

रंगों का विज्ञान बहुत विशाल है और गहरी खोज का विषय है। सदियों पहले से इस क्षेत्र में खोज होती आई है। सैकड़ों खोजपूर्ण ग्रंथ लिखे गए हैं और भविष्य में भी अनुसंधान की व्यापक सम्भावना है। हमने केवल चिकित्सा की दृष्टि से इस विषय पर संक्षेप में थोड़ा-सा प्रकाश डाला है।

एक और चमत्कारी चिकित्सा की विधि चली हुई है जिसके द्वारा होम्योपैथिक चिकित्सा भी हो रही है एवं रंग-चिकित्सा भी सम्भव है। रोग का निदान कर दवा के रंग का निर्णय करके उस रंग की दवा का तेल या जल एक छोटी शीशी में भर कर उसमें रोगी के सिर का बाल आधा शीशी के भीतर और आधा बाहर रखकर शीशी बंद कर दें। उस दवा का प्रभाव रोगी के शरीर में पहुंचकर रोग शांत करेगा।

12

ध्वनि-चिकित्सा

रंग, रोशनी और ध्वनि इन तीनों का आपस में अति घनिष्ठ सम्बंध है। इन तीनों में प्रकम्पन एवं तरंगें हैं। इनका माप भी भिन्न–भिन्न है। इनमें निरंतर परिवर्तन होता रहता है और तदानुसार इनके प्रभाव बदलते रहते हैं।

ध्वनि विज्ञान से संगीत की उत्पत्ति हुई। संगीत में सात स्वर माने गए हैं और इन सातों स्वरों से अनेक राग और रागिनियों का निर्माण हुआ है। कई रागिनियों में सातों स्वर लगते हैं और कई केवल पांच स्वरों में ही गाई जाती हैं। संगीत का अपना एक बहुत बृहद् इतिहास है। भिन्न-भिन्न राग-रागिनियों के गहरे प्रभाव बताए गए हैं।

कहते हैं दीपक राग से दिए जल जाते हैं। मल्हार से बिना मौसम वर्षा आ जाती है। मालकोश केवल पांच स्वरों में ही गाई जाती है। इसका प्रभाव स्नेह की जागृति और वैर का विसर्जन बताया गया है। जैन ग्रंथों में लिखा है कि भगवान महावीर का उपदेश–प्रवचन मालकोश

में होता था और उनके समवसरण में आने वाले प्राणी, (मनुष्य और पशु) सभी अपने जातिगत वैर को भूल जाते थे। सिंह और बकरी में एक साथ रहने पर भी बैर नहीं जागता था।

इसके अतिरिक्त संगीत एक बहुत प्रभावशाली चिकित्सा भी है। ध्वनि में तरंगें और प्रकम्पन होते हैं। उन प्रकम्पनों में रंग होते हैं। स्वर–लहरी और रंगों से रोगों का निवारण होता है।

संगीत में शब्द, स्वर और रंग–इन तीनों के संयोग से आकर्षण उत्पन्न हो जाता है। संगीत में अनेक प्रकार की धुनें गाई जाती हैं जिन पर मन एकाग्र हो जाता है। चित्त में प्रसन्नता उत्पन्न होती है और शारीरिक तथा मानसिक स्वास्थ्य की प्राप्ति होती है।

शुद्ध संगीत में भक्ति रस, वीर रस आदि अनेक प्रकार के रस उत्पन होते हैं। भक्ति रस के लिए मीरा के गीत प्रसिद्ध हैं। वीर रस के अनेक उदाहरण इतिहास में मिलते हैं। प्राचीन काल में राजा–महाराजा अपने राज्य में उच्चकोटि के गायक तथा कवियों को बड़े सम्मान से रखते थे। उस समय के युद्धों में कवि साथ रखे जाते थे। सैनिकों के हृदय में किसी कारण से मायूसी दिखाई देने पर कवि वीर रस की कविता गाते और सैनिकों में फिर वीरता जाग्रत हो जाती और वे युद्ध में विजय प्राप्त कर लेते। वीर रस के गीत व कविताओं में लाल रंग की प्रमुखता होती है जो साहस का प्रतीक है। भक्ति रस में नीले रंग की बहुलता होती है।

संगीत का प्रभाव केवल मनुष्य पर ही नहीं अपितु पशु, पक्षी तथा वनस्पति पर भी होता है। दूध देने वाले पशुओं का संगीत सुनने से दूध बढ़ जाता है। इसी प्रकार पौधे और वृक्ष शीघ्र पुष्पित और फलित होते हैं।

अनेक वाद्य–यंत्रों की स्वर–लहरी अति मोहक और आकर्षक होती है। बांसुरी के स्वरों में इतनी मिठास होती है कि अच्छी धुन बजाई जाने पर दूर–दूर से हिरण नाचते–कूदते आकर लोट–पोट हो जाते हैं। कालबेलियों (सपेरों) की बीन की लहरों में इतना आकर्षण होता है कि बड़े–बड़े सर्प अपनी बांबियों से निकल, मौत का भय भूल मस्ती से डोलने लग जाते हैं। ऐसे सुरों में हरे रंग की प्रधानता होती है जो आकर्षण का प्रतीक है।

आज का भौतिक विज्ञान भी इसे मानता है। संगीत के सातों स्वरों की तरंगों के अलग-अलग रंग होते हैं और ये रंग मनुष्य शरीर और मन को प्रभावित करते हैं एवं रोग का निवारण करते हैं। डॉ. रियुबेन अम्बर ने एक ध्वनि–यंत्र मशीन का उल्लेख किया है। उसका नाम 'ओरोटोन' है। इससे संगीत के सातों स्वर निकलते हैं और इस स्वरों से भिन्न–भिन्न रंग भी निकलते हैं। उस मशीन के नोट 'सी' से लाल रंग, 'ई' से पीला रंग और 'जी' से नीला रंग निकलता है। जिस रोगी को जैसे रंग की आवश्यकता हो, उसी रंग के स्वरों का संगीत रोगी को सुनाया जाए तो लाभ होता है, रंग-चिकित्सा की यह एक अद्‌भुत और अब तक अल्पज्ञात विद्या है। रंगों के विज्ञान का विकास होना अभी बाकी है।

मंत्रों द्वारा रोगों की चिकित्सा करने की परम्परा भी भारतवर्ष में बहुत प्राचीन समय से चली आ रही है। मंत्र विशेष प्रकार के शब्दों से बने हैं। उनमें अनेक बीजाक्षर भी होते हैं। शब्दों का अपना प्रभाव भी होता है और उनका भिन्न-भिन्न उच्चारण ध्वनि-विशेष के साथ मन की एकाग्रता से किया जाता है। ध्वनि के सूक्ष्म प्रकम्पन होते हैं और प्रकम्पनों में विभिन्न रंग होते हैं। यही रंग व्यक्ति के शरीर और मन को प्रभावित कर रोगों को मिट देते हैं।

13

रत्न–चिकित्सा

रंगों से रोगों को मिटाने का एक और सुंदर प्रयोग है–'रत्न–चिकित्सा'। रत्नों के भिन्न–भिन्न रंग, उनकी आभा तथा प्रकम्पनों से रोग-निवारण होते हैं। मुख्य रत्न नौ माने गए हैं–माणिक, मोती, मूंगा, पन्ना, गोदंता, हीरा, नीलम, गोमेद और लहसुनिया। रत्न जितना स्वच्छ और चमकदार होगा उतने ही उसके प्रकम्पन प्रभावशाली होंगे। रत्नों को सोने, चांदी आदि में जड़कर गले में पहना जा सकता है या हाथ पर बांधा जा सकता है। वास्तव में शरीर से रत्न का स्पर्श होना चाहिए।

रत्नों के द्वारा रंगों की दवाओं का निर्माण भी किया जा सकता है। बंगाल के डॉ. विनयतोष भट्टाचार्य की 'जेम्स थेरापी' पर एक पुस्तक है। वे रत्न-चिकित्सा के विशेषज्ञ माने जाते हैं। जिस रंग की दवा बनानी हो उस रंग वाले रत्न को पानी में या रेक्टीफाइड शुद्ध स्प्रिट में सात–दिन रखने से वह पानी या स्प्रिट बड़ी शक्ति वाली दवा बन जाती है। उस दवा की एक बूंद, दो औंस साधारण पीने के पानी में

मिलाकर पिलाने से वह दवा का काम करती है और रोग को शांत करती है। उपरोक्त स्प्रिट में शुगर ऑफ मिल्क की गोलियां भिगोकर भी होम्योपैथिक की तरह दवा बनाई जा सकती है। किस रोग में कौन से रंग की दवा देनी चाहिए, यह बात तो पहले बताई हुई है।

रत्नों की पिष्टी अथवा भस्में भी बनाई जाती हैं। मोती पिष्टी तथा मूंगा पिष्टी हृदय के रोगों में लाभदायक बताते हैं। हीरा, पन्ना, माणिक आदि की भस्मों का अनेक बड़े-बड़े रोगों में प्रयोग किया जाता है। ये सब प्रयोग आयुर्वेदिक चिकित्सा में ही विशेषकर होते हैं।

रत्न–चिकित्सा पर अनेक ग्रंथ उपलब्ध हैं। रंग–चिकित्सा के कई विदेशी विशेषज्ञों ने भी रत्न-चिकित्सा को मान्यता दी है और वे इसके प्रयोग भी करते हैं।

उपरोक्त रत्नों के अतिरिक्त 75 उपरत्नों के नाम, रंग और गुणादि की सूची भी मिलती है। इनमें से अनेक उपरत्नों के प्रयोग भिन्न–भिन्न रोगों में किया जाता है और अच्छा लाभ मिलता है। रत्नों के रंगों के साथ उनकी आभा की तरंगें रोग–निवारण के अतिरिक्त व्यक्ति के स्वभाव–परिवर्तन में तथा बुरी आदतों को छोड़ने में लाभदायक साबित हुई हैं।

दिल्ली के डॉ. पवन कुमार ने इस विषय में काफी खोज की है और वर्षों से लाभप्रद प्रयोग भी करते आ रहे हैं। डॉ. साहब के कतिपय अनुभूत प्रयोग पाठकों के लाभ के लिए यहां लिखना उपयुक्त समझता हूं :

- तामड़ा (लाल उपरत्न) अंगूठी में या माला बनाकर पहनने से रक्तचाप पर नियंत्रण तथा हृदय रोग में लाभ होता है।
- कटैला (बैंगनी रंग का पारदर्शी उपरत्न) अंगूठी या लॉकेट

में पहनने से शराब पीने की आदत 4–6 महीनों से लेकर 22 महीनों में छूट जाती है।

- तुरमली यदि हरे रंग की हो तो लाभदायक होती है। बुद्धि का विकास करती है और बहुत अधिक मात्रा में भोजन खानेवाले व्यक्ति की आदत सुधर जाती है।
- दाना-फिरंग (किडनी-स्टोन) उपरत्न गुर्दे की बीमारियों में लाभदायक है। यह छोटी पथरी भी निकाल देता है।
- पेरीडोट उपरत्न से भूत-पिशाच के उपद्रव मिटते हैं।
- सफेद मोती के प्रयोग से स्त्रियों के श्वेत प्रदर आदि रोगों में लाभ होता है। यह क्रोध को शांत करता है।

उपरोक्त सभी उपरत्न साधारण मूल्य के हैं। उन्होंने केवल प्रयोग-प्रमाण दिए हैं। वैज्ञानिक दृष्टि से तो अभी बहुत सूक्ष्म खोज करने की आवश्यकता है, ऐसा उनका मानना है।

रत्नों के रंगों का प्रभाव केवल व्यक्ति के शरीर और मन तक ही सीमित नहीं है। इनकी तरंगें ग्रहों के प्रभाव को भी परिवर्तित कर देती हैं। ज्योतिषविज्ञान के सिद्धांतानुसार मनुष्य के जन्म का स्थान, समय और लग्न के हिसाब से नव ग्रहों का शुभाशुभ प्रभाव व्यक्ति के समग्र जीवन पर पड़ता है। लग्न के अनुसार जन्मकुंडली बनाई जाती है, जिसमें नवग्रहों का अपना–अपना स्थान होता है। किस स्थान में कौन–सा ग्रह बैठा है, उच्च स्थानीय है या निम्न स्थानीय, शुभ है या अशुभ, व्यक्ति के जीवन में किस ग्रह का किस विषय में कैसा प्रभाव होगा, इसका सम्पूर्ण चित्र एक अनुभवी ज्योतिषी बना देता है। जिस ग्रह की दृष्टि क्रूर है उसको शांत करने के लिए अथवा जिस ग्रह का प्रभाव हानिकारक है, उसको परिवर्तित करने के लिए रत्नों

का प्रयोग किया जाता है।

अमुक ग्रह की अशुभ दृष्टि को अमुक रत्न और उसके रंग की सशक्त तरंगें प्रभावित कर सकती हैं, ऐसा भी प्रावधान है। इसी दृष्टि से एक तालिका नीचे दी जा रही है। कोई भी व्यक्ति इसका प्रयोग करके अनुभव कर सकता है। रत्नों के प्रयोग की विधि पहले बताई जा चुकी है। रत्न का व्यक्ति के शरीर से निरंतर सम्पर्क आवश्यक है।

ग्रह	रत्न	रंग
सूर्य (Sun)	माणिक (Ruby)	लाल (Red)
चंद्र (Moon)	मोती (Pearl)	नारंगी (Orange)
मंगल (Mars)	मूंगा (Coral)	पीला (Yellow)
बुध (Mercury)	पन्ना (Emerald)	हरा (Green)
बृहस्पति (Jupiter)	गोदंता (Moonstone)	नीला (Blue)
शुक्र (Venus)	हीरा (Diamond)	आसमानी (Indigo)
शनि (Saturn)	नीलम (Sapphire)	बैंगनी (Violet)
राहु (Rahu)	गोमेदक (Sardonim)	गहरा बैंगनी (Deep Violet)
केतु (Ketu)	लहसुनिया (Cat's-Eye)	लाल-पिलास लिए (Infra Red)

ग्रह, रत्न और रंग–इन तीनों के आपसी सम्बंध तथा प्रभाव में थोड़ा बहुत विचार भेद भी पाया जाता है। मैंने कई ग्रंथों का अध्ययन करके यथासम्भव अनुसंधान किया तथा अपनी बुद्धि और अनुभव के आधार पर उपरोक्त कोष्ठक प्रस्तुत किया है।

14

चुम्बक–चिकित्सा

चुम्बक और उसकी शक्ति के प्रयोग संसार में बहुत विस्तृत रूप में हो रहे हैं। छोटे-छोटे खिलौनों से लेकर आकाश में भ्रमण करने वाले रॉकेट और सैटेलाइट तक में चुम्बक का प्रयोग होता है। यह एक ऐसी शक्ति है जिसकी हर तरंग प्राणी के शरीर में भी चलती रहती है। इसके कण पूरे ब्रह्मांड में विद्यमान हैं। रोगों की चिकित्सा में भी इसकी तरंगें बहुत लाभदायक होती हैं इसलिए हम केवल चिकित्सा की दृष्टि से ही इसका संक्षिप्त वर्णन करना चाहते हैं।

चुम्बक–चिकित्सा भारत की प्राचीन विद्या है। अथर्ववेद में इस चिकित्सा का उल्लेख मिलता है।

चीन, अमेरिका, जापान और जर्मनी आदि देशों में भी इस चिकित्सा पर यथेष्ट अनुसंधान हुए हैं और प्रयोग भी काफी मात्रा में हो रहे हैं।

चुम्बक-चिकित्सा एक प्रकार की प्राकृतिक-चिकित्सा है। हमारे शरीर में विद्युत-चुम्बकीय सूक्ष्म तरंगें प्रकृति से ही निरंतर चलती रहती हैं। ये तरंगें हमारे हाथों की दसों अंगुलियों द्वारा बाहर भी निकलती रहती हैं। इन तरंगों का उपयोग मानसिक उपचार तथा रंग-चिकित्सा में भी किया जाता है।

चुम्बकीय तरंगें हमारे शरीर के भीतर के प्रायः सभी अंगों की क्रिया एवं रक्त-संचार में सहयोगी बनती हैं। लम्बे रोग के कारण, शरीर में दुर्बलता अथवा वृद्धावस्था में विद्युत-चुम्बकीय तरंगें क्षीण हो जाती हैं। शरीर में प्रतिरोधात्मक शक्ति की कमी होने से अनेक रोग भी उत्पन्न हो जाते हैं। इन स्थितियों में चुम्बकीय तरंगें शरीर में व्रेश करा देने से प्राकृतिक तरंगों की क्षीणता की पूर्ति होती है और ग का निवारण होता है एवं शरीर की शक्ति में वृद्धि होती है।

चुम्बक स्टील के तथा ढलाई लोह (कास्ट आयरन) के बनते हैं विद्युत यंत्र द्वारा इनमें चुम्बक-शक्ति का निर्माण किया जाता है चुम्बकीय शक्ति की इकाई को गौस (Gauss) कहते हैं। चुम्बक छोटे-डे अनेक प्रकार की शक्तियों के बनाए जाते हैं। प्रत्येक चुम्बक मे ध्रुव होते हैं-उत्तरी धुव और दक्षिणी ध्रुव। साधारणतया उत्तरी ध्रुव 1 कीटाणुनाशक माना जाता है। यह शरीर पर फोड़े-फुंसी, दाद आदि पर रोग में लाभदायक है और दक्षिणी ध्रुव शरीर में एक प्रकार की गं तथा शक्ति उत्पन्न करता है। इसकी तरंगों का प्रयोग शरीर मे नेवाले अनेक प्रकार के दर्द, सूजन आदि पर किया जाता है।

चुम्बक आमतौर पर उच्च शक्ति (3000 गौस तक), मध्यम शक्ति 1000 गौस) और निम्न शक्ति वाले बनते हैं। पूरे व्यक्ति के लिए व्व शक्ति के बच्चों के लिए मध्यम शक्ति के तथा छोटे-छोटे और मल अंगों पर निम्न शक्ति के चुम्बकों का प्रयोग होता है।

ध्यान रखने की बात यह है कि उत्तरी ध्रुव शरीर के दाहिने अंग पर और दक्षिणी ध्रुव बाएं अंग पर प्रयोग किया जाता है। बड़ी शक्ति वाले चुम्बक का प्रयोग हृदय और मस्तिष्क पर तथा गर्भवती स्त्री के लिए वर्जित है।

शरीर में नाभि के नीचे के रोगों में चुम्बक तलवों के नीचे रखे जाते हैं और नाभि के ऊपर के रोगों में हाथों की हथेलियों के नीचे रखे जाते हैं। प्रयोग का समय 10 मिनट से 20 मिनट तक का उपयुक्त समझा जाता है। दिन में एक बार खाली पेट इनका प्रयोग किया जाता है। तीव्र रोगों में दो बार रोजाना भी इनका प्रयोग किया जा सकता है।

इन चुम्बकों के अतिरिक्त अनेक प्रकार की चुम्बक-पट्टियों का भी निर्माण हो गया है जैसे कमर के दर्द के लिए कमर में बांधने की पट्टी, सिर-दर्द के लिए सिर की पट्टी, घुटनों के दर्द के लिए घुटनों की पट्टी और स्पोंडिलाइटिस के लिए गले में बांधने की पट्टी।

एक चुम्बक माला भी है जिसको गले में पहनने से छाती के दर्द अथवा श्वास के कष्ट में लाभ होना बतलाते हैं। उपरोक्त सभी उपकरणों तथा उनकी प्रयोग-विधि एवं इस चिकित्सा की विस्तृत जानकारी के लिए पुस्तकें भी उपलब्ध हैं।

चुम्बक के प्रयोग में कतिपय सावधानियां भी रखनी आवश्यक हैं, जैसे शक्तिशाली चुम्बक के प्रयोग के बाद एक घंटे तक ठंडी चीजें खाना-पीना तथा स्नान करना मना है। भोजन के बाद एक घंटे तक चुम्बक का प्रयोग न करें। प्रयोग के समय धरती या दीवार का स्पर्श न हो। आदि-आदि।

हर व्यक्ति को यह समझ लेना चाहिए कि जिस चिकित्सा से लाभ

होता है, वह गलत विधि से की जाए तो हानि भी हो सकती है। प्राकृतिक-चिकित्सा में कोई बड़ी या गम्भीर हानि होने की सम्भावना कम होती है।

चुम्बकीय जल भी तैयार किया जाता है, जो दवा का काम करता है। बड़े चुम्बकों के उत्तरी ध्रुव तथा दक्षिणी ध्रुव पर उबाला हुआ पानी बोतलों में भरकर 12–14 घंटे तक रख देने से वह पानी दवा बन जाता है, जो खासकर पेट के रोगों में तथा पेशाब के रोगों में लाभदायक माना गया है। ऐसे पानी की 1–2 औंस की मात्रा दिन में 2–3 बार दी जा सकती है।

चुम्बक-चिकित्सा से दो प्रकार के रोगों में विशेष लाभ देखे गए हैं : (1) शरीर में होने वाला दर्द-आर्थराइटिस रियुमेटिज्म, सायटिका तथा कमर और घुटनों के दर्द, और (2) रक्त-चाप, रक्त संचालन, सूजन आदि।

चुम्बक की कतिपय विशेषताएं ध्यान में रखी जाएं तो चिकित्सा अधिक लाभदायक हो सकती है, जैसे चुम्बक का उत्तरी ध्रुव नीला रंग लिए हुए होता है। उसकी प्राकृतिक क्रिया संकुचित (Contracting) करने की होती है तथा चुम्बक का दक्षिणी ध्रुव लाल रंग लिए हुए होता है। इसकी प्राकृतिक क्रिया विस्तार देने की होती है। इसके लिए रंग-चिकित्सा का ज्ञान विशेष लाभ दे सकता है।

चुम्बक की सूक्ष्म तरंगों द्वारा रंग-चिकित्सा भी की जाती है। रंग-चिकित्सा के सिद्धांतानुसार शरीर में रंग-विशेष की कमी से रोग-विशेष की उत्पत्ति होती है। जिस रंग की कमी महसूस हो उस रंग के कांच, कागज या प्लास्टिक के द्वारा सूर्य की किरणें शरीर पर डाली जाती हैं जिससे आवश्यक रंग की पूर्ति हो जाती है और रोग मिटता है।

इसी प्रकार शरीर में आवश्यक रंग की पूर्ति चुम्बकीय तरंगों द्वारा की जाती है। शरीर के ऊपरी भाग में जिस रंग की आवश्यकता हो उस रंग का कागज, प्लास्टिक चुम्बक के ऊपर लगाकर हथेलियों के नीचे रखा जाएं और शरीर के निम्न भाग में आवश्यक हो तो चुम्बक पर आवश्यक रंग का कागज दोहरा करके पैर के तलवों के नीचे रखा जाए तो वह रंग चुम्बक की तरंगों के साथ शरीर में प्रविष्ट हो जाता है।

चुम्बकीय तरंगों द्वारा सुदूर रंग-चिकित्सा भी होती है जिसको टेलीथेरेपी (Tele-therapy) कहते हैं।

चुम्बक से निकलने वाली तरंगों के सामने जिस रंग की आवश्यकता हो उस रंग का रत्न या पारदर्शी कांच या कागज रखा जाए और उसके सम्मुख रोगी की फोटो या नाम तथा पते का कार्ड रखा जाए तो उस रंग का संचार (Radiation) दूर बैठे रोगी के शरीर में पहुंच जाता है। फोटो वाले रोगी के शरीर में कौन से रंग की आवश्यकता है, इसका निर्णय चिकित्सक को रोगानुकूल करना होता है अथवा मेगनेट डोजिंग (Magnet Dowsing) से पता लगाया जाता है।

मेगनेट डोजिंग के विषय में बंगाल के डॉ. बी. भट्टाचार्य ने गहरा अनुसंधान किया है और एक पुस्तक भी इसी नाम से प्रकाशित की है।

गत वर्ष पूना में डॉ. डी. के. टाम्बे से मैं मिला जो वर्षों से फोटो द्वारा अनेक रोगियों की सुदूर चिकित्सा कर रहे हैं।

मैंने इसकी पूरी विधि को देखा। उन्होंने लकड़ी की पेटियां बनाई हैं। प्रत्येक पेटी के पीछे बड़ा चुम्बक लगा हुआ है। सामने किसी एक रंग के छोटे रत्न प्लास्टिक के थैलों में लटके हुए हैं और उसके

सामने पेटी के ढक्कन के अंदर की तरफ रोगियों की फोटो रखी हुई हैं। वे रोग और रंग का निर्णय भी मेगनेट-डोजिंग से करते हैं और रोग मिटाते हैं–न रोगी से मिलते हैं और न रोग की पूछताछ करते हैं। उनकी चिकित्सा की पूरी विधि उपरोक्त डॉ. भट्टाचार्य के सिद्धांतानुकूल चलती है। रेडिएशन से विद्युत-चुम्बकीय तरंगों को हजारों मील तक पहुंचने में भी समय और स्थान की दूरी बाधक नहीं होती। यह चुम्बक और रंगों की संयुक्त चिकित्सा है।

उपरोक्त सभी तरह के मेगनेट किसी को प्राप्त करने हों तो निम्न कम्पनी से सम्पर्क कर सकते हैं। उनके यहां प्रामाणिक मेगनेट मिलते हैं :

बी जैन पब्लिशर लिमिटेड
1921, गली नं. 10
चूना मंडी, पहाड़गंज
नई दिल्ली-110055
दूरभाष: 7770430, 7770572

15
कर्म-चिकित्सा

रंगों के ध्यान द्वारा पूर्व-संचित कर्मों को क्षीण करने की विधि दी गई है।

प्राकृतिक-चिकित्सा में शरीर में होने वाले समस्त रोगों को मूल विजातीय द्रव्य का संचय माना है। यह विजातीय द्रव्य अध्यात्म की भाषा में असातवेदनीय कर्म के सूक्ष्म प्रदेश होते हैं। जिनको ध्यान द्वारा शरीर से विसर्जित किया जा सकता है। इसी प्रकार अन्य कर्म-पुद्‌गलों तत्त्व की भी निर्जरा की जा सकती है।

प्रायः सभी भारतीय आस्तिक दर्शनों में कर्म-सिद्धांत की मान्यता है। जैन परम्परा में कर्म-सिद्धांत का बहुत विस्तार हुआ है। जैन दर्शन

कर्म को पौद्गलिक मानता है। उसके परमाणु होते हैं। कर्म दो प्रकार के होते हैं :

1. निकाचित यानी निश्चित
2. दलिक यानी परिवर्तनशील

निकाचित बंधन मुख्यतया आयुष कर्म का होता है। शेष सात कर्मों का बंधन अधिकांशत: दलिक रूप होता है। निकाचित कर्म का उदय निश्चित समय पर विपाकानुसार होता है। दलिक कर्मों की उदीरणा की जा सकती है। यानी दलिक कर्मों को समय से पूर्व उदय में लाकर काटा जा सकता है या भोगा जा सकता है। ऐसे कर्मों को आत्मा के स्वतंत्र पुरुषार्थ से परिवर्तित भी किया जा सकता है। जैन आगमों में एक शब्द आया है–'संक्रमण'। इसका अर्थ है शुभ कर्मों का अशुभ में और अशुभ कर्मों का शुभ में परिवर्तन।

पूर्व संचित कर्मों को आठ श्रेणियों में विभक्त किया गया है, यानी कर्म-पुद्गलों का बंधन आठ प्रकार से जीव को प्रभावित करता है :

1. **ज्ञानावरण कर्म :** ज्ञान को आवृत्त या अवरोध करनेवाले कर्म-पुद्गल। इनके न्यूनाधिक बंधन के अनुसार अपनी इंद्रियों या मन के द्वारा प्राप्त होनेवाले अप्रत्यक्ष ज्ञान में रुकावट आती है। मूर्त द्रव्यों को आंशिक या सम्पूर्ण जानने वाले प्रत्यक्ष ज्ञान की उपलब्धि में ये कर्म बाधक होते हैं।

2. **दर्शनावरण कर्म :** दर्शन को आवृत्त करने वाले कर्म-पुद्गल इनके बंधन से अपने चक्षु द्वारा होने वाले साधारण दर्शन में तथा वस्तुओं के अतिरिक्त अन्य इंद्रियों व मन के द्वारा होने वाले दर्शन व बोध की प्राप्ति में बाधा आती है तथा मूर्त द्रव्यों के एवं उनके पर्यायों के साक्षात् दर्शन

नहीं हो सकते।

3. **वेदनीय कर्म :** ये कर्म-पुद्गल अनुभूति के निमित्त बनते हैं–

(क) सातवेदनीय कर्मों से सुखानुभूति होती है। मनोज्ञ शब्द, रूप, गंध, रस, स्पर्श द्वारा शारीरिक, वाचिक तथा मानसिक सुखानुभूति होती है।

(ख) असातवेदनीय कर्म दुखानुभूति के निमित्त हैं। अमनोज्ञ शब्द, रूप, रस, गंध और स्पर्श आदि से शारीरिक, वाचिका व मानसिक दुखानुभूति होती है।

4. **मोहनीय कर्म :** इसके दो भेद हैं–

(क) दर्शन मोहनीय कर्म-सम्यक् दृष्टि को विकृत करने वाले कर्म-पुद्गल।

(ख) चरित्र मोहनीय कर्म-चरित्र में विकार उत्पन्न करने वाले पुद्गल। जैसे कषाय, क्रोध, मान, माया, लोभ, भय, शोक, घृणा आदि तथा वेद विकार उत्पन्न करने वाले कर्म-पुद्गल।

5. **आयुष कर्म :** जीवन की आयु के निमित्त कर्म-पुद्गल। यानी किस गति में कितनी आयु भोगनी होती है।

6. **नाम कर्म :** जीवन में विविध सामग्री की उपलब्धि के लिए कर्म-पुद्गल। जीवन में हर प्रकार की प्राप्ति, भली या बुरी देने वाले कर्म-पुद्गल। जैसे गति, योनि, इंद्रियों,

शरीर का संगठन, संस्थान, रूप, रंग, रस, गंध, स्पर्श एवं स्वर आदि शुभ या अशुभ की प्राप्ति। दूसरों को प्रिय या अप्रिय लगना, जीवन में सम्मान या अपमान, यश या अपयश की प्राप्ति।

7. **गोत्र कर्म :** ये कर्म-पुद्गल उच्च या नीच गोत्र की प्राप्ति के हेतु बनते हैं–

(क) उच्च गोत्र कर्मों से जीवन जाति-विशिष्टता, कुल-विशिष्टता, बल-विशिष्टता, ऐश्वर्य-विशिष्टता प्राप्त करता है।

(ख) नीच गोत्र कर्म से जीवन हीन बनता है। जाति-विहीनता, कुल-विहीनता, बल-विहीनता, ऐश्वर्य-विहीनता प्राप्त होती है।

8. **अंतराय कर्म :** इन कर्मों का प्रभाव क्रियाशक्ति पर पड़ता है–

(क) दान की अंतराय से धन-सम्पत्ति पास में होते हुए भी दान नहीं दिया जा सकता।

(ख) भोग-उपभोग की अंतराय होने से सम्पूर्ण सामग्री उपलब्ध होते हुए भी व्यक्ति उन्हें भोग नहीं सकता।

(ग) लाभ-अंतराय हो तो धन-सम्पत्ति आदि वस्तु की प्राप्ति ही नहीं होती।

इन आठ कर्मों के दलिक बंधनों को प्रयत्नपूर्वक क्षीण किया जा सकता है और अशुभ को शुभ में परिवर्तित भी किया जा सकता है। मैं अपने ज्ञान और अनुभव के आधार पर दलिक कर्मों को क्षीण करने

के लिए एक विधि यहां प्रस्तुत करना चाहता हूं। हमारे शरीर में चेतना के अनेक शक्ति-केंद्र (चक्रादि) एवं अनेक ग्रंथियां (एंडोक्रीन ग्लैंड) हैं। इन पर अनुकूल रंगों की भावना के साथ विधिवत मानसिक एकाग्रता व ध्यान गहराई से किया जाए तो व्यक्ति के जीवन में जिस कर्म का प्रगाढ़ बंधन हो उसे क्षीण किया जा सकता है तथा निष्ठा के साथ निरंतर साधना की जाए तो सभी कर्मों को यथाशीघ्र काटा जा सकता है और आत्मा को निर्मल बनाकर अनंत की उपलब्धि के निकट जाया जा सकता है।

जीवन में जिस कर्म के बंध और उदय की अधिकता हो, उसका विवेक साधारण चिंतनशील व्यक्ति भी कर सकता है। जैसे एक व्यक्ति उच्चकोटि का दार्शनिक, अनेक शास्त्रों का पारगामी, बड़ा ज्ञानी है परंतु आर्थिक दृष्टि से गरीब है, परिवार का पालन-पोषण भी कठिनाई से कर पाता है-उसके ज्ञानावरण कर्म का तो अच्छा क्षयोपशम है परंतु अंतराय कर्म का तीव्र बंधन व उदय है। इस कर्म को क्षीण करने के लिए तेजस केंद्र पर नारंगी और ज्योतिकेंद्र पर श्वेत रंग का गहरा ध्यान करना चाहिए। दूसरे किसी व्यक्ति को धन-सम्पत्ति और भोग–उपभोग की प्रचुर सामग्री प्राप्त है परंतु अपने नाम का हस्ताक्षर करना भी नहीं आता, उसके ज्ञानावरण कर्म का प्रगाढ़ बंधन तथा उदय है। उसे ज्ञानकेंद्र पर श्वेत रंग का अधिक ध्यान करना चाहिए। किसी को ज्ञान व धन दोनों प्राप्त हैं परंतु वह अहंकार, भय, चिंता आदि से बहुत दुःखी है। उसके ज्ञानावरण और अंतराय कर्मों का अच्छा क्षयोपशम है परंतु मोहनीय कर्मों का तीव्र बंधन तथा उदय है। उसको मोह क्षीण करने के लिए विशुद्ध केंद्र पर नीले रंग का ध्यान पूर्ण एकाग्रता के साथ करना चाहिए। इसी प्रकार जीवन में जिस कर्म के बंधन व उदय की

अधिकता अनुभव हो, उसी कर्म को क्षीण करने का प्रयत्न ध्यान द्वारा किया जा सकता है।

रंग-चिकित्सा केवल शरीर के रोगों को मिटाने के लिए ही नहीं है, अपितु मैं तो शारीरिक, मानसिक एवं भावात्मक-तीनों स्वास्थ्य प्रदान करनेवाली चिकित्सा-पद्धतियों को अध्यात्म साधना का एक अंग मानता हूं। अभ्यास के लिए एक तालिका दी जा रही है जिसमें आठों कर्म, चेतना के शक्ति-केंद्र एवं ध्यान के लिए आवश्यक रंग बताए गए हैं।

साथ ही एक बड़ा चार्ट दिया गया है जिसमें दो रेखाचित्र हैं। इन चित्रों में चैतन्य के शक्ति-केंद्रों के स्थान तथा नाम हिंदी और अंग्रेजी में दिए गए हैं तथा ग्रंथितंत्र की प्रमुख ग्रंथियों के स्थान तथा नाम भी स्पष्ट दिखा दिए गए हैं, जो ध्यान करने में चिकित्सा में सहायक होंगे।

आठ कर्म	**चेतना के शक्ति केंद्र**	**योग चक्र**	**ध्यान के रंग**
ज्ञानावरण कर्म	ज्ञान केंद्र	सहस्रार चक्र	श्वेत रंग
दर्शनावरण कर्म	दर्शन केंद्र	आज्ञा चक्र	पीला रंग
वेदनीय तथा आयुष कर्म	प्राण केंद्र	नासाग्र भाग	आसमानी रंग
मोहनीय कर्म	विशुद्धि केंद्र	विशुद्धि चक्र	नीला रंग
नाम व गोत्र कर्म	आनंद केंद्र	अनाहत चक्र	हरा रंग
अंतराय कर्म	तेजस् केंद्र	मणिपूर चक्र	नारंगी रंग
	ज्योति केंद्र	तीसरा नेत्र स्थान	श्वेत रंग

उपरोक्त विधि से मन की एकाग्रता एवं ध्यान करने से निम्नांकित लाभ प्राप्त होते हैं :

ज्ञानावरण कर्मों के क्षीण होने से प्रत्यक्ष ज्ञान का विकास होता है। नए–नए आयाम भीतर से स्वयं प्रकट होते हैं। विद्या तथा व्यावहारिक ज्ञान की वृद्धि होती है।

दर्शनावरण कर्मों की क्षीणता से इंद्रियों तथा मन के द्वारा होने वाले अनुभवों की वृद्धि तीव्र होती है। साक्षात् दर्शन का मार्ग प्रशस्त होता है।

वेदनीय कर्मों के क्षीण होने से शारीरिक तथा मानसिक कष्टों और दुखों की अनुभूति बहुत कम हो जाती है। सहनशीलता बढ़ जाती है। हाय–तौबा करने की नौबत नहीं आती।

मोहनीय कर्मों के क्षीण होने से (क) सम्यक् दृष्टि प्राप्त होती है, सही दिशा मिलती है, (ख) विशुद्ध चरित्र की प्राप्ति होती है क्रोध; मान, भय, चिंता आदि कषाय मंद होते हैं।

आयुष कर्म का बंध प्राय: निश्चित होता है। पर हर व्यक्ति पूरी आयु नहीं भोगता, जल्दी मृत्यु को प्राप्त होता है। प्राण-केंद्र पर ध्यान करने से श्वास की गति मंद होती है, श्वास दीर्घ होता है। इससे व्यक्ति आयुष पूर्ण पा सकता है।

नाम कर्म-अशुभ नाम कर्मों के बंधन क्षीण होने से शरीर की सुंदरता, अनुकूल रूप, रस, गंध एवं स्पर्श की प्राप्ति तथा लोकप्रियता व सुयश की उपलब्धि होती है।

गोत्र कर्म-नीच गोत्र के कर्म-बंध क्षीण होने से जाति-विशिष्टता, बल-विशिष्टता एवं ऐश्वर्य-विशिष्टता प्राप्त होती है।

चैतन्य केंद्र एवं नाड़ी–ग्रंथि संस्थान

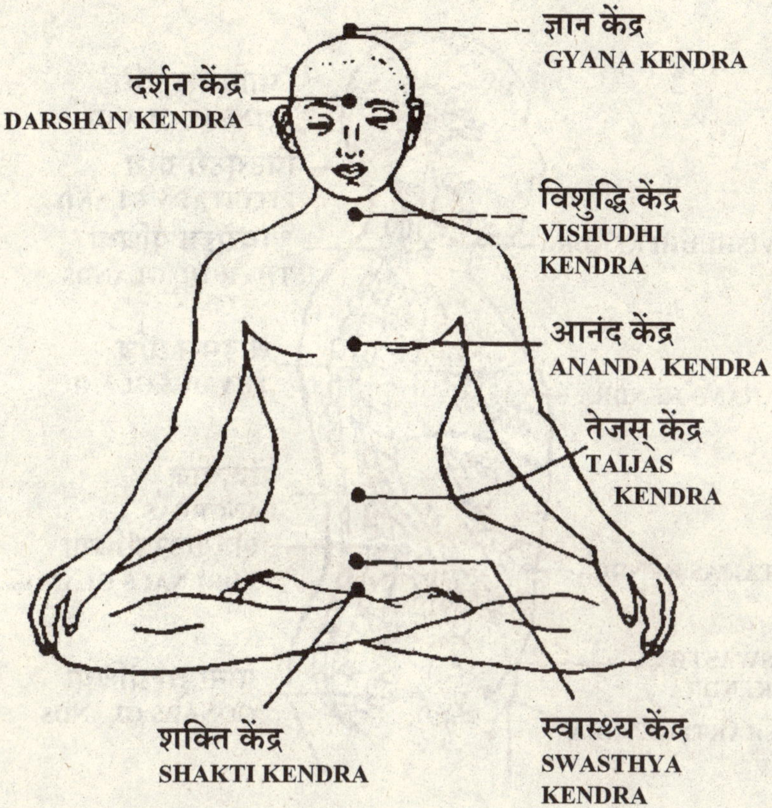

Psychic Centres & Neuro-Endocrine System

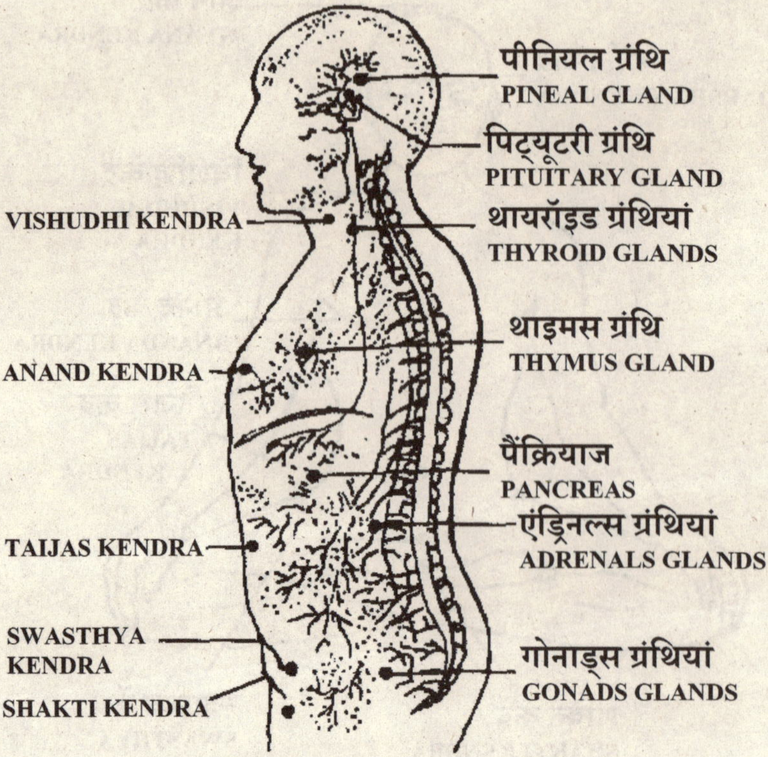

अंतराय कर्मों के बंधन क्षीण होने पर धन, सम्पत्ति आदि जीवन में सभी प्रकार की सामग्री प्राप्त होती है तथा भोग-उपभोग करने तथा दान में आने वाली बाधाओं का निराकरण होता है।

सूक्ष्म कर्मों को समय से पहले क्षय करना अथवा अशुभ कर्मों को शुभ में परिवर्तित करना कोई साधारण बात नहीं है। इस प्रक्रिया में सफलता प्राप्त करने के लिए मैं पाठकों का ध्यान विशेष रूप से तीन तत्त्वों की ओर आकर्षित करना चाहता हूं :

1. आंतरिक निष्ठा-मेरी साधना निश्चित फलित होगी।
2. दृढ़ संकल्प-मैं यह साधना सम्पूर्ण मन और भावना से करूंगा।
3. निरंतरता–प्रतिदिन निश्चित रूप से करना।

अशुभ कर्मों का शुभ कर्मों में संक्रमण यानी परिवर्तन

कर्मों के प्रगाढ़ बंधन को क्षीण करने की उपरोक्त प्रक्रिया से कर्मों का संक्रमण साधारणतया होता है। विशेष रूप से अशुभ कर्मों का संक्रमण अथवा शुभ में परिवर्तन भावना योग द्वारा किया जा सकता है।

अशुभ वेदनीय कर्म के तीव्र उदय से शरीर में अनेक रोग तथा वेदनाएं उत्पन्न होती हैं। उनको विविध प्रकार की दवा आदि स्थूल उपचारों से कम किया जा सकता है। बिना ऊपरी उपचारों के अथवा जहां ऊपरी उपचार असफल हो जाते हैं, वहां समता की भावधारा को विकसित करने से रोग मिटते हैं तथा वेदना समाप्त हो जाती है या न्यूनतम हो जाती है।

ऐसी भावना अंतर्मन से करें कि मेरी यह वेदना तो तुच्छ है। अनेक व्यक्तियों का छुरा-तलवार तथा भालों से छेदन-भेदन कर दिया जाता

है, उस वेदना की तुलना में मेरी यह वेदना तथा मैं स्वयं गर्भावास में जो अनंत वेदना भोग चुका हूं, उसके मुकाबले में यह वेदना तो कुछ भी नहीं है।

फिर विचार करें कि वेदना किसको है। शरीर परिवर्तनशील है। मैं तो आत्मा हूं। मुझे वेदना मात्र भ्रम है।

मन की एकाग्रता के साथ इस प्रकार भावना की गहराई में उतर जाने से वर्तमान में पीड़ा का बोध समाप्त हो जाता है। समता भाव का विकास हो जाने से चित्त में प्रसन्नता महसूस होने लगती है। अशुभ वेदनीय कर्म शुभ में बदल जाते हैं।

इसी प्रकार मोह कर्म की प्रबलता से भय, चिंता आदि जीवन में अत्यधिक हो जाने से निरंतर अशांति और दुःख रहता है। इनको भी परिवर्तित किया जा सकता है। भय मिटाने के लिए अभय की भावना (अनुप्रेक्षा) अनेक शब्दों में करने से भय का निवारण होकर सुख और शांति का बोध होता है।

अधिक चिंता, अशांति तथा मानसिक कष्ट जिस घटना से होता है, उस घटना पर गहराई से चिंतन करें। प्रत्येक घटना स्वाभाविक होती है। उसके पीछे अनेक कारण होते हैं। नियति होती है। होनहार को टाला नहीं जा सकता। संयोग का वियोग निश्चित है। मेरा यह कष्ट का बोध अथवा चिंता करना अज्ञानता है। ऐसी भावना बार-बार भावित करने से मानसिक चिंता, कष्ट आदि का निवारण होता है और संतोष का भाव जाग्रत होता है। अशुभ मोह-कर्म का संक्रमण हो जाता है।

दलिक कर्मों का समय से पहले क्षय करना

कर्मों का बंधन चार प्रकार से होता है :

- प्रकृति बंध

- स्थिति बंध
- अनुभाग बंध
- प्रदेश बंध

प्रकृति बंध यानी उपरोक्त 8 कर्मों में से कौन-सी प्रकृति का बंध। स्थिति बंध यानी बंधे हुए कर्म के उदय में आने का समय। अनुभाग बंध यानी बंधन तीव्र रस का या मंद रस का है और प्रदेश बंध यानी उस कर्म रूपी द्रव्य प्रदेशों का संचय।

दलिक कर्मों की उदीरना यानी कर्म-विशेष के उदय के समय से पूर्व उस कर्म को उदय में लाकर क्षय कर देना।

तप-जप स्वाध्याय एवं ध्यान आदि शुद्ध आध्यात्मिक अनुष्ठानों से आत्मा की स्वतंत्र सत्ता और शक्ति के द्वारा दलिक कर्मों को उनके बद्ध समय से पूर्व भोगा जा सकता है अथवा बिना भोगे भी क्षय किया जा सकता है।

16

विशेषज्ञों के अभिमत

रंग-चिकित्सा के अध्ययनकर्ता पाठकों की सुविधा के लिए यहां कतिपय डॉक्टरों तथा उनकी कृतियों का उल्लेख कर देना उपयोगी होगा।

डॉ. लिंडा क्लार्क (Linda Clark) अमेरिका की स्वास्थ्य विषयक पत्रिकाओं में लेख लिखती रही है। उसने रंग-चिकित्सा के अनेक चमत्कारी परिणाम व प्रयोग अपनी पुस्तक 'कलर हीलिंग' में बताए हैं। उसने इस चिकित्सा को ईसा से 500 वर्ष पूर्व प्राचीन बताया है और कहा है कि आज तो इसकी उपयोगिता प्रयोगशालाओं के द्वारा स्वीकृत हो गई है।

डॉ. केट डब्ल्यू. वाल्डविन (Kt. W. Waldwin) का अप्रैल, 1927 में एक विस्तृत लेख 'एशियाटिक मेडिकल जर्नल' में प्रकाशित हुआ था। उन्होंने प्रमाणित किया है कि जहां अन्य चिकित्सा-विधियां काम नहीं करती हैं, रंग-चिकित्सा लाभ देती है।

डॉ. विलियम बेनहेन (William Benhen) कहते हैं कि व्यक्ति की सूक्ष्म कोशिकाओं को सशक्त और स्वस्थ बनाने में रंग और रोशनी सबसे अधिक प्रभावशाली होते हैं।

डॉ. कोरिन हेलिन (Dr. Korine Heline) ने अपनी महत्त्वपूर्ण पुस्तक में सिद्ध किया है कि रंग-चिकित्सा के अनुसंधान अनेक रसायनशालाओं में हो चुके हैं और यह चिकित्सा-पद्धति अति प्रभावशाली है।

डॉ. ऑस्कर ब्रोनर (Dr. Oscar Bronler) भौतिक विज्ञान में विख्यात वोसमर पारितोषिक से सम्मानित हैं। आपने रंग-चिकित्सा की अनेक चमत्कारी घटनाओं का उल्लेख किया है।

डॉ. एस. जी. जे. आउस्ले (S.G.J. Ouseley) ने सात रंगों को शरीर में मूलाधार आदि सात चक्रों, पीनियल आदि ग्रंथियों के साथ सम्बंधित बताया है तथा ध्यान के साथ रंगों का निकटतम सम्बंध माना है। उनकी एक पुस्तक का तो नाम ही 'रंगीन ध्यान' (Color Meditation) है। सफेद रोशनी को उन्होंने दिव्य शक्ति का रूप दिया है और उसे सातों रंगों का उद्‌गम माना है।

पश्चिम बंगाल के डॉ. चट्टोपाध्याय ने अपनी पुस्तक में रंग-चिकित्सा के सफल प्रयोग तथा उसके महत्त्व का यथेष्ट विश्लेषण किया है।

बहुत समय पहले भारत के डॉ. पी. गठियाली रंग-चिकित्सा पर महत्त्वपूर्ण काम कर चुके हैं। उन्होंने रंग-चिकित्सा पर एक इनसाइक्लोपीडिया (Encycolopaedia) लिखा है जिसे विदेशी डॉक्टरों ने भी यथेष्ट मान्यता दी है।

दिल्ली में डॉ. डी. एन. नारंग रंग-चिकित्सा के अनुभवी विद्वान हुए हैं। वे विगत पचास वर्षों से इस क्षेत्र में निशुल्क सेवा देते रहे हैं। अभी उन्होंने हिंदी भाषा में एक अच्छी पुस्तक लिखी है। उसका

नाम है-'क्रोमाहाथेरेपी'।

डॉ. एडवर्ड पोडोलसी ने लिखा है कि पृथ्वी पर प्राणिमात्र के जीवन का आधार सूर्य है। वह रोशन और गर्मी का उद्गम स्थान है। सूर्य और ये दोनों तत्त्व केवल स्वास्थ्य के लिए ही नहीं अपितु जीने के लिए अत्यंत आवश्यक हैं। जहां अनेक रोगों के निवारण में अन्य उपाय असफल हो गए हैं, रंग-चिकित्सा ने लाभ पहुंचाया है।

उच्चकोटि के शोधकर्ता विलियम फिल्डिंग (William Fielding) लिखते हैं कि जिन देशों में नवम्बर से मई महीने तक सूर्य की रोशनी कम हो जाती है, उस मौसम में टाइफाइड, इंफ्लुएंजा, श्वास, कफ आदि अनेक बीमारियां बढ़ जाती हैं और रक्त में लाल कण कम हो जाते हैं। सूर्य की रोशनी पूरी मिलने से ये बीमारियां अधिक नहीं होतीं। सूर्य की रोशनी लाल रक्त कण बढ़ाती है, यह तथ्य अनुसंधान से प्रमाणित हो चुका है।

डॉ. एडविन बेबिट (Edwin Bebit) ने एक पुस्तक लिखी थी 'प्रकाश और रंग के सिद्धांत' (The Principles of Light and Color) जिसके मुकाबले की दूसरी पुस्तक मिलनी दुर्लभ है। डॉ. बेबिट ने अपने अधिकांश रोगियों की रंग-चिकित्सा ही की थी जिससे बहुत लाभ हुआ था। उन्होंने लिखा है कि बीमारियों की विभिन्न स्थितियों में उपयुक्त रंग की किरणों से बहुत लाभ होता है।

डॉ. ए. रोलियर (Dr. A. Rollier), लूकिश पासिम (Luckies Pasim), डॉ. ओ. बर्नार्ड (Dr. O. Bernard), फार्बिस विन्सलो (Farbes Winslow), फ्लोरेंस नाइटिंगेल, डॉ. मेरी एंडर्सन (Dr. Mary Anderson) आदि अनेक डॉक्टरों ने रंग-चिकित्सा पर प्रभावशाली ग्रंथ लिखे हैं और रंग-चिकित्सा का महत्त्व प्रतिपादित किया है।

17

रंग-चिकित्सा के चमत्कारी अनुभव

इस चिकित्सा के संस्मरण तथा अनुभव बराबर आते रहते हैं। आआ उनमें से कुछ संस्मरण यहां दे रहे हैं, जिनसे पाठकों को औषधियों की क्षमता और प्रभाव की जानकारी प्राप्त होगी, साथ ही उनके प्रयोग में सहयोग भी मिलेगा।

श्रीमती प्रेम कौशिक को श्वेत प्रदर तथा पेट में दर्द की शिकायत वर्षों से थी। कई इलाज कराने पर भी लाभ नहीं हुआ। आखिर ऑल इंडिया मेडिकल इंस्टीट्यूट में जाना पड़ा। वहां डॉक्टरों ने अन्य टेस्ट के अतिरिक्त योनि से मांस का छोटा टुकड़ा काटकर टेस्ट किया और कहा कि ऑपरेशन कराना पड़ेगा। ऑपरेशन के लिए की 15 दिन बाद की तारीख दी गई। संयोगवश वह केंद्र में आ गई। अपने कष्टों की पूरी जानकारी मुझे दी। मैंने उसको चिकित्सा की विधि व प्रयोग बता

दिया। पंद्रह दिन बाद वह स्वयं आई और बोली, 'दादाजी, मैं बिलकुल स्वस्थ हो गई। अब मुझे कोई शिकायत नहीं है। मेरा ऑपरेशन टल गया है।'

वह लिखती है :

आदरणीय दादाजी, 20-10-1986

सादर नमस्कार,

जून 1986 में मैंने शिविर के दौरान अपने पेट के दर्द व लुकोरिया नामक बीमारी का इलाज रंग-चिकित्सा के अंतर्गत हरा, नीला पानी व नीला तेल प्रयोग करके तथा 'डूश' करके अपने को ठीक कर लिया है। मेडिकल इंस्टीट्यूट, दिल्ली में मुझे ऑपरेशन के लिए कहा था। अब मैं 90 प्रतिशत अपनी बीमारी को रंग-चिकित्सा से ठीक कर चुकी हूं। आशा है आप मुझे भविष्य में मार्गदर्शन करते रहेंगे।

भवदीय

प्रेम कौशिक

हमारे साधना-केंद्र में एक माली काम करता था। उसको हाथीपांव की बीमारी थी। यह बीमारी असाध्य श्रेणी की मानी जाती है। उसका पैर सूज गया था। चलने-फिरने और काम करने में बहुत कष्ट होता था। उसके पैर पर नीले तेल की मालिश तथा सूर्य की नीली किरणें दिन में दो बार डाली गईं। पेट में हरे रंग की दवा दी गई। करीब दो महीने में उसको 80 प्रतिशत लाभ हो गया। इस बीमारी के अन्य रोगियों के अनुभव हैं कि एलोपैथिक, आयुर्वेदिक आदि अनेक चिकित्सा-पद्धतियां भी लाभ नहीं पहुंचा सकीं।

लाडनूं (राजस्थान) के श्री रणजीत सेठिया के गले में टॉन्सिल फूल गए और सेप्टिक भी हो गया। श्री सेठिया एक उच्चकोटि के

गायक हैं। जब वे सुरीली आवाज में गाते हैं तब हजारों श्रोता मुग्ध हो जाते हैं। परंतु टॉन्सिल की बीमारी से गाना तो दूर रहा, बोलने और खाने-पीने में भी कठिनाई हो गई। प्रेक्षाध्यान शिविर, गंगाशहर (बीकानेर) में वे आए। मैंने उनको नीले पानी के गरारे कराए और नीली चीनी का प्रयोग किया। व कुछ दिनों में ही अच्छे हो गए। अब खूब गाते हैं। उनके अनुभव उनके ही शब्दों में पढ़ें :

दिल्ली

परम पूजनीय दादा साहब,

विनम्र प्रणाम

आप स्वस्थ होंगे। आपको यह जानकर प्रसन्नता होगी कि प्रभु-कृपा से गत गंगाशहर शिविर में आपके द्वारा रंग-पद्धति से किए गए उपचार से दस दिनों में मेरे टॉन्सिल बिलकुल ठीक हो गए। मेरे गले में हुए इस खतरनाक रोग से मुझे गाने में, खाने में, बोलने में भयंकर परेशानी हो गई थी। अच्छे से अच्छे वैद्यों, डॉक्टरों आदि से इलाज करवाया। डॉक्टरों ने कहा-सिवा ऑपरेशन के दूसरा कोई रास्ता तुम्हारे लिए नहीं बचा है। किंतु फिर ऑपरेशन के बाद गा भी सकते हो, नहीं भी गा सकते। अस्तु, अपने परिवार-जनों एवं शुभचिंतकों की सलाह से मैंने ऑपरेशन नहीं करवाने का विचार किया।

फिर दादोसा के शिविर में जब मैंने अपनी स्थिति बताई तो उन्होंने चीनी व नीले रंग के पानी से मेरा नियमित इलाज किया और यह जीवन में साक्षात् चमत्कार कहूंगा कि अब मेरे टॉन्सिल कभी नहीं फूले।

विनयावनत

रणजीत सेठिया

श्री रामावतार शर्मा साधना-केंद्र में आते रहते हैं। केंद्र द्वारा प्रकाशित रंग-चिकित्सा के फोल्डर ले गए। बुद्धिमान व्यक्ति हैं, स्कूल में प्रशिक्षक हैं। थोड़े अध्ययन से इस चिकित्सा को भली प्रकार समझ लिया और पहला प्रयोग स्वयं पर किया। अच्छे हो गए, तब चिकित्सा पर विश्वास जम गया। फिर तो उन्होंने अपने अन्य सम्बंधियों के रोगों की चिकित्सा प्रारम्भ कर दी। उनके प्रयोग का एक चमत्कार उनकी लिखी हुई निम्नोक्त चिट्ठी में पढ़ें :

छतरपुर, महरौली

माननीय दादाजी,

सादर नमस्कार

जून 1986 में मैंने अपना इलाज (खूनी बवासीर) नीला तेल व नीला पानी, हरा पानी द्वारा किया। इसके पश्चात् मैंने अपने सम्बंधियों का भिन्न-भिन्न प्रकार की बीमारियों का इलाज किया। उनमें से एक हैं मेरे पापाजी। जुलाई मास में उन्हें पेशाब की अधिक तकलीफ हो गई थी। रुक-रुककर चीस होती थी। मेडिकल इंस्टीट्यूट, दिल्ली के चिकित्सकों ने नलकी लगा दी व ऑपरेशन के सिवाय और कुछ इलाज नहीं बताया। ऑपरेशन की तारीख भी दे दी थी।

मैंने इनको हरा, नीला पानी दिन में तीन बार लेने को कहा। पापाजी निरंतर दवा लिया करते थे और आपसे भी समय-समय पर परामर्श लेते रहे। आज पेशाब की नलकी हट गई है। पेशाब नॉर्मल हो गया है। एक अभूतपूर्व लाभ है।

भवदीय

रामावतार शर्मा

कुछ वर्ष पूर्व मैंने महाराष्ट्र में प्रेक्षा-ध्यान का एक सप्त दिवसीय शिविर लगाया। लगभग 50 साधकों ने भाग लिया। उनमें एक महाराष्ट्रीयन भाई भी आया। शिविर के दूसरे दिन मेरे पास आकर बोले, "दादाजी, 15 दिन से संडास (दस्त) लगना बिलकुल बंद है, पेट फूल रहा है, भूख बंद हो गई है, बड़ी बेचैनी महसूस कर रहा हूं। "मैंने कहा, ''यह तो मामूली बात है। एलोपैथिक, आयुर्वेदिक में दस्त लगाने की बहुत दवाएं हैं।'' वह बोला कि मैंने सब दवाएं ले लीं, किसी भी दवा ने काम नहीं किया। तब मैंने कहा, ''तुम एनिमा ले लो, पेट साफ हो जाएगा।'' बोला, ''एनिमा भी लिया। केवल पानी निकल गया, दस्त बिलकुल नहीं आया।" पंद्रह दिन दस्त बिलकुल न लगना, बावजूद इतनी दवा लेने के एक आश्चर्यकारी बात लगी। मैंने उसको प्रात: एक गिलास हरे पानी की दवा तथा एक चाय का प्याला नारंगी पानी की दवा दोनों समय भोजन के पश्चात् दी। दो दिन कुछ पता नहीं चला। तीसरे दिन मेरे पास आया। बोला कि दस्त नहीं होता, पेट केवल गड़गड़ करता है। मैंने कहा, "चिंता मत करो, हो जाएगा।" उसी दिन रात को दस बजे आया और मेरे पैरों में पड़ गया। मैंने पूछा, "बात क्या है?" वह बोला, "दादाजी, मुझे आपने जिला दिया। ऐसा दस्त लगा कि क्या बताऊं, भगवान जानता है। गांठें और बदबू बहुत निकली। आज मेरा पेट 18 दिन के बाद साफ हुआ है।" एक सप्ताह उसको वही दवा चालू रखने को कहा। फिर कब्ज की शिकायत नहीं रही।

जयपुर में रहने वाली श्रीमती सीता बंसल एक बार लाडनूं (राजस्थान) में प्रेक्षा-ध्यान शिविर में आई। दो दिन ही ध्यान में बैठने से ऊर्जा ने उसे बेचैन कर दिया, उल्टियां होने लगीं। वह ध्यान-साधना नहीं कर सकी और शिविर के बीच में ही वापस घर जाने के लिए युवाचार्य श्री महाप्रज्ञ जी (ध्यान के निर्देशक) से आज्ञा लेने गई। महाप्रज्ञ

जी ने कहा कि जाने से पहले कठोतिया जी से मिलना अच्छा होगा। वह मेरे पास आई और अपनी कठिनाई बताई। मैंने कहा, "तुम्हें वापस जाने की जरूरत नहीं। ध्यान भली प्रकार लगेगा।" मैंने उसको नीले पानी की दवा दिन में दो बार दो दिन तक दी। वह स्वस्थ हो गई और पूरे दिन शिविर में ध्यान का अभ्यास किया। मैंने उसको एक पत्र लिखा, जिसके उत्तर में वह लिखती है :

जयपुर, 3-4-1986

परम पूज्य कठोतिया जी,

सादर प्रणाम

आपका पत्र पाकर परम प्रसन्नता हुई कि आप सूर्य-किरण चिकित्सा पर एक पुस्तक लिखना चाहते हैं। आपकी याद मुझे हमेशा रहती है। कुछ दिन पहले ही मैं लाडनूं पिताजी के पास गई थी। वहां मैंने आपके बारे में यही पूछा कि कठोतिया जी की रंग-चिकित्सा चल रही है क्या? इस विषय में उन्होंने कोई पुस्तक लिखी है क्या? देखिए, आत्मा का कितना कनेक्शन होता है। आपका पत्र पाकर मुझे बड़ा आश्चर्य हुआ। कितने साल हो गए और आपकी एक-एक बात याद है। और आपने लिखने का कष्ट किया। मुझे सूर्य-किरण चिकित्सा पर गहरा विश्वास है। मुझे बहुत रुचि थी। उस टाइम मैं आस-पास में बहुत मरीजों को दवा खुद बनाकर देती थी। यह सब बीच के समय में मैं भूल चुकी थी, फिर शिविर (लाडनूं शिविर) में जब मुझे उल्टियां हुई तो आपने मुझे नीली बोतल को पानी दिया, उससे मेरी उल्टियां बंद हो गईं और मेरी खोई हुई स्मृति फिर जाग उठी। मैंने रंग-चिकित्सा से बहुत इलाज किया। 104 डिग्री बुखार मैंने नीली बोतल का पानी व नीले

कागज से सूर्य की किरणें सिर पर डालकर एकदम उतारा है।

हरी बोतल के पानी से आंखे धोने से कई लोगों की आंखों में दाने होना, खुजली चलकर आंख लाल होना ठीक हुआ है व रोशनी भी बढ़ी है।

आपकी बेटी
सीता बंसल

कुछ अरसे पहले की बात है, बीदासर (राजस्थान) के श्री हनुमानमल सेखानी की धर्मपत्नी एक दिन दोपहर में साधना-केंद्र पहुंची। मुझे बोली, "आप मुझे नहीं जानते। आप मेरे बाबाजी लगते हैं (दूर के रिश्ते में)।" मैंने पूछा, "बेटी, इस कड़कड़ाती धूप में इतनी दूर आने का क्या कारण है?" उसने कहा, "मुझे पांच वर्षों से पेट में गैस बनने की शिकायत है। बहुत इलाज कराए, कुछ लाभ नहीं हुआ। भूख बंद हो गई। शरीर में कमजोरी आ गईं। किसी काम में मन नहीं लगता। पता चला कि आप चिकित्सा करते हैं, इसलिए आई हूं।"

मैंने उसकी सब शिकायतों का अध्ययन कर, उसको हरे और नारंगी रंग की तैयार की हुई दवा की बोतलें दे दीं और दवा लेने की विधि बता दी।

पांच दिन बाद ही वह अपने पति के साथ मेरी कोठी पहुंची। उसने बताया कि मुझे अच्छा लाभ हो रहा है। मैंने वह चिकित्सा एक माह तक चालू रखने को कहा। एक महीने पश्चात् उसने बताया कि मैं बिलकुल स्वस्थ हो गई हूं बाबाजी, पांच वर्ष के पश्चात्, आज मैंने आनंद से पेट-भर भोजन किया है। मैं आपका किन शब्दों में धन्यवाद करूं।

पेट में गैस की शिकायत आजकल बहुत लोगों को होती है और जब गैस अधिक बढ़ती है, तब शरीर के ऊपर की ओर चढ़ती है और अनेक लोगों की छाती में दर्द उत्पन्न करती है, तब लोग डॉक्टरों के पास जाते हैं। डॉक्टर दिल की बीमारी की आशंका करके कार्डियोग्राम लेते हैं जिसमें कोई दोष नहीं मिलता। तब कह देते है कि ऊपरी दर्द है-दवाएं भी अनेक प्रकार की लम्बे समय तक चलती हैं पर कोई लाभ नहीं होता। एक मित्र डॉक्टर ने बताया कि गैस बनने की बुनियाद हमारे विज्ञान में अभी तक मालूम नहीं हुई और न इसके लिए कोई खास इलाज ही है। रंग-चिकित्सा से अनेक रोगियों की यह शिकायत बिलकुल दूर हो गई जिसके अनुभव हमें मिले हैं।

श्री गोपालन ब्रह्मचारी (मद्रास) ने कई वर्षों तक इस केंद्र में योग और ध्यान की साधना की थी। अब भी वे कैलीफोर्निया (यू.एस.ए.) में इस साधना-केंद्र के प्रतिनिधि हैं।

जब यहां थे तब एक बार उनके 106 डिग्री बुखार हो गया। बेचैनी इतनी बढ़ गई कि पलंग से उठ-उठकर भागने की चेष्टा करते और बहुत ऊटपटांग बकने लगे। एक अन्य साधक तो उनको पकड़-पकड़कर पलंग पर लिटा रहे थे। हमने उनको एक-दो घंटे के अंतर से तीन खुराक नीले रंग के पानी की दीं और बिजली के लैम्प द्वारा नीली किरणें उनके सिर पर बड़ी कठिनाई से डालते रहे क्योंकि वे बिस्तर पर टिकते नहीं थे।

मुझे स्वयं आश्चर्य हुआ कि दो घंटे में उनका बुखार 101 डिग्री तक आ गया और सारी बेचैनी मिट गई। होश भी पूरा आ गया। हमें कहने लगे, "मुझे क्या हुआ था?" मैंने पूरी बात उनको बताई और पूछा कि डॉक्टर की आवश्यकता है। उन्होंने कहा कि नहीं। मुझे स्वयं रंग-चिकित्सा पर पूर्ण विश्वास है। यही इलाज चालू रखें। हम फिर उनको हरी बोतल के पानी की दवा की तीन खुराक रोजाना देते। वे

चार दिनों में पूर्ण स्वस्थ हो गए। फिर वर्षों तक बुखार नहीं आया।

बड़ी आयु वाले व्यक्ति को 106 डिग्री बुखार का हो जाना खतरनाक होता है और डॉक्टरी दवाओं से बुखार को जल्दी उतारने के लिए किए गए उपायों की प्रतिक्रियाओं के अनुभव देखे हैं। अनेक चिकित्सक ऐसी अवस्था में सिर पर बर्फ रखने का प्रयोग करते हैं, जिससे भी खतरा हो जाता है। रंग-चिकित्सा की नीली दवा पेट में, नीला तेल ललाट पर और नीली किरणें सिर पर डालने से बुखार कम हो जाता है। बिना किसी विपरीत प्रतिक्रिया के चमत्कारी लाभ होता है। इसके बहुत-से उदाहरण हमारे अनुभव में आए हैं।

एक और पत्र साधिका उषा बहन का पढ़ें :

आदरणीय दादाजी,

आपके यहां यानी अध्यात्म साधना-केंद्र में आयोजित 21 फरवरी 1987 के शिविर में मैंने आपसे रंग-चिकित्सा सीखी। इससे मुझे तथा सभी लोगों को भी फायदा हुआ। मैं यहां शिविर में आने से पहले कई रोगों से ग्रस्त थी, जैसे गैस, सिरदर्द, पांव में दर्द। सांस भी फूलता था। सुबह खाली पेट हरा पानी, खाने के बाद नारंगी पानी पीने से गैस और पेट की बीमारियां ठीक हो गईं। सिर में नीला तेल और पांव में लाल तेल लगाने से काफी लाभ हुआ। ये सब दवाइयां मैंने घर जाकर भी बनाईं। और भी कई भाई-बहनों को इससे लाभ हुआ। फिर कुछ दिनों बाद मेरा मायके जाना हुआ। मेरे भाई (उम्र 38 साल) के पांवों में दर्द रहता था। रात को हर रोज घी या तेल की मालिश करने के बाद भी सो नहीं पाते थे। मैं अपने साथ लाल और नीला तेल लेकर गई थी। मैंने उनसे लाल तेल लगाने को कहा। उस रात वह आराम से सोए और पूछा कि यह दवाई कैसे

बनाई जाती है। मैंने रंग-चिकित्सा को विधि बतला दी और उन्होंने भी यह दवाई बनाई।

आपकी शिष्या

उषा जैन (उम्र 30 वर्ष)

✦✦✦

मेरी धर्मपत्नी श्रीमती वीना सचदेव गर्भवती थीं। उन्हें गर्भधारण किए हुए तीन मास हो चुके थे तथा उल्टियों के कारण उनका बुरा हाल था। उल्टियों के कारण वे इतनी परेशान थीं कि उन्हें कुछ भी पचता नहीं था। यहां तक कि पानी तथा फलों के रस जैसे हल्के खाद्य पदार्थ भी खाते ही उन्हें उल्टी आ जाती थी। उल्टियों के कारण तीन मास से उनका शरीर काफी कृश हो चला था। चेहरा पीला पड़ गया था। आंखें तेजविहीन हो गई थीं। शरीर हर समय थका-थका रहता था। मैं स्वयं केन्द्रीय विद्यालय, नोएडा में योग शिक्षक के पद पर कार्यरत हूं। अतएव यौगिक तथा प्राकृतिक-चिकित्सा में मेरी आस्था थी। परंतु मेरे माता-पिता एलोपैथिक चिकित्सा में विश्वास करते थे। फलस्वरूप मुझे अपनी इच्छा के विरुद्ध अपनी पत्नी के रोग के निवारणार्थ एलोपैथी का आश्रय लेना पड़ा। एलोपैथी के डॉक्टर ने मेरी पत्नी की उल्टी को रोकने हेतु इंजेक्शन लगाए तथा गोलियां दीं। परंतु इन सबसे मेरी पत्नी की अवस्था पूर्वापेक्षा और भी अधिक बिगड़ गई। अंत में लाचार होकर मैं अपनी पत्नी को गुड़गांव (हरियाणा) से छतरपुर में स्वामी श्री मोहनलाल जी कठोतिया के आश्रम में लेकर आया जो कि सूर्य-किरण चिकित्सा का केंद्र है। दरअसल मैं कठोतिया जी की 'सूर्य किरण चिकित्सा' नामक

पुस्तक पहले ही पढ़ चुका था। फलत: इसी पद्धति-द्वारा मैं उनसे अपनी पत्नी का इलाज करवाना चाहता था। आश्रम में पहुंचकर मैंने अपनी पत्नी को स्वामीजी को दिखाया तथा उनके सामने अपनी पत्नी की समस्या रखी। स्वामीजी ने मुझसे कहा कि मैं नीले तथा हरे रंग की बोतल में पानी भरकर उन दोनों बोतलों को लगातार आठ घंटे तक सूर्य की धूप में रखूं। उसके पश्चात् प्रात: दोपहर तथा रात्रिकालीन भोजन के पहले एक कप नीली बोतल का तथा हरी बोतल का पानी तीनों समय अपनी पत्नी को लगातार तीन दिन तक पीने को दूं। स्वामीजी के कहे अनुसार मैंने लगातार तीन दिन तक अपनी पत्नी को नीली व हरी बोतल का पानी पीने के लिए दिया। पानी पीने के दूसरे दिन उन्हें दो बार बड़े जोरों की उल्टी हुई तथा अंदर की गंदगी तथा विजातीय द्रव्य पूरी तरह बाहर निकल आए। तीसरे दिन रंगीन पानी पीने के पश्चात् तो वह एकदम रोगमुक्त हो गई। अब उन्हें रोगमुक्त हुए लगभग एक माह बीत चुका है। मैं स्वामीजी का हृदय से आभार व्यक्त करता हूं कि उन्होंने मेरी पत्नी के निष्प्राण शरीर को फिर से सप्राण बना दिया तथा उसे रोगमुक्त कर दिया। मैं परमपिता परमेश्वर से प्रार्थना करता हूं कि वह स्वामीजी को ऐसे परमार्थमय ध्येय के लिए सफलता प्रदान करे।

रवि किरण सचदेव

2/44, शिवाजी नगर, गुड़गांव (हरियाणा)

✦✦✦

ध्वनि-चिकित्सा अथवा संगीत-चिकित्सा के विषय में संक्षिप्त जानकारी मैंने इस पुस्तक में दी है। इस चिकित्सा का एक चमत्कारी

अनुभव जो मुझे हुआ, का उल्लेख करना उपयुक्त समझता हूं।

सन् 1946 की घटना है, जब मुझे दिल्ली आए केवल दो-तीन वर्ष हुए थे। मुझे 104 डिग्री बुखार होकर हृदय में बड़ी बेचैनी हुई और सिर में चक्कर आने लगे। डॉक्टरी इलाज चालू किया पर लाभ नहीं हुआ। सिर में चक्कर बढ़ गए-ऐसा लगता था मानो पैर ऊपर सिर नीचे और सिर ऊपर, पैर नीचे घूम रहे हैं। मेरी पत्नी पास में बैठी थी। उसका तत्त्व-ज्ञान अच्छा था और धर्म में बड़ी निष्ठा थी। आध्यात्मिक गीतिकाएं काफी कंठस्थ थीं। गला मधुर था एवं गाने की कला भी प्राप्त थी। मेरी बढ़ती हुई बेचैनी को जानकर बोली कि आपका मन हो तो ढालां (धार्मिक गीत) सुनाऊं। मेरी स्वीकृति का संकेत पाकर उसने गीतिका सुनाना प्रारम्भ कर दिया। गीतिका पूरी होते-होते मेरा मन उस पर एकाग्र हो गया। उसने तत्काल दूसरा गीत सुनाया। मेरी छटपटाहट कम हुई देखकर पत्नी ने तीसरी लम्बी गीतिका सुनाई। लगभग एक घंटे के प्रयोग का परिणाम बड़ा प्रभावशाली रहा। मेरे सिर के चक्कर समाप्त हो गए और बेचैनी कम होकर चित्त में शांति महसूस होने लगी। आश्चर्य तो यह हुआ कि बुखार 104 डिग्री से 101 डिग्री आ गया। फिर शनैः-शनैः आराम हो गया।

जैन परम्परा में जब कोई व्यक्ति बहुत अधिक अस्वस्थ हो जाता है अथवा लम्बी तपस्या या संथारा-संलेखना करता है तो उसे धार्मिक गीतिकाएं सुनाई जाती हैं। आम धारणा यह है कि अंतिम समय में व्यक्ति की भावना शुद्ध होती है तो अगले जन्म में उसे उच्च गति प्राप्त होती है। यह विचारधारा सही है परंतु यह भी भली प्रकार समझ लेना चाहिए कि संगीत एक सशक्त चिकित्सा है–विशेषकर आध्यात्मिक गीतिकाओं से जब मन एकाग्र होकर व्यक्ति की भावनाएं विशुद्ध होती हैं तब वेदनीय कर्म प्रचुर मात्रा में भस्म हो जाते हैं और रोग मिट जाते हैं, कष्टों का बोध नहीं होता एवं शांति मिलती है।

श्री थानमल बैंगानी इस केंद्र के साथ निकट से जुड़े हुए हैं। उन्होंने केंद्र द्वारा सूर्य-किरण चिकित्सा का प्रशिक्षण प्राप्त करके अच्छा अध्ययन किया है। हमारे साथ रहकर उन्होंने इस चिकित्सा के बहुत प्रयोग किए एवं अनुभव प्राप्त किए हैं। श्री बैंगानी द्वारा की गई चिकित्सा के कतिपय निम्नोक्त परिणाम पाठकों के लिए उपयोगी होंगे :

एक गुजराती भाई के ललाट पर मस्से इतने अधिक हो गए कि सूई रखने जितनी जगह भी नहीं रही और साथ में खुजलाहट भी बहुत थी।

उसने 5–6 वर्ष तक एलोपैथिक, आयुर्वेदिक तथा होम्योपैथिक चिकित्सा बहुत करवाई। हजारों रुपए खर्च किए परंतु आराम मिलने के बजाय रोग बढ़ता ही गया। कुछ दिनों बाद गालों तथा हाथों पर भी मस्से होने लग गए। साथ में कब्ज तथा पेट में गैस की शिकायत भी थी। वह व्यक्ति हमारे नीचे वाली मंजिल में रहने वाले का दोस्त था। वह मुझे पूछकर उस व्यक्ति को मेरे पास लाया। मैंने उसको हरे पानी की दवा की तीन खुराकें और नारंगी पानी की दवा की दो खुराकें रोजाना पेट में दीं तथा नीला तेल मस्सों पर लगाने को दिया। दस-बारह दिनों में चौथाई तथा 18–19 दिनों में बिलकुल आराम हो गया।

श्री मोतीलाल बैद (नोखामंडी) लिखते हैं :

> मुझे मई, 1978 से पेड़ के नीचे के भाग में व दोनों पांवों में लकवा हुआ था तथा बाद में चेहरे को छोड़कर पूरे शरीर में लकवा होता रहा है। अब तक 17 बार लकवा हो चुका है। लकवा होते ही स्मरणशक्ति लुप्त तथा बेहोशी आ जाती है। फिर धीरे-धीरे सुधार हो जाता है।
>
> प्रथम बार लकवा होने पर पेशाब बंद हो गया था। उसे खोलने के लिए केथेडर लगाया गया। उसके बाद से अभी तक 15–20 मिनट में पेशाब आ जाता है। दिन-रात में कई

बार कपड़ों में भी पेशाब हो जाता है। कई डॉक्टरों का उपचार किया, पर स्थिति ज्यों की त्यों बनी है।

रंग-चिकित्सा का प्रयोग श्री थानमल बैंगानी ने किया। उससे निम्नलिखित लाभ मिले हैं :

1. पैर की अंगुलियों व पिंडलियों के सूनेपन तथा संवेदनशीलता में सुधार।
2. सीने एवं पीठ में इलेक्ट्रिक करेंट टाइप दर्द प्रायः समाप्त।
3. हथेलियों के सूनेपन व भारीपन में काफी सुधार।
4. दिन में पेशाब पर प्राय: नियंत्रण, रात्रि में भी पहले की अपेक्षा काफी सुधार।

उपचार: शरीर पर नारंगी तेल की मालिश। हरा पानी प्रातः खाली पेट एवं नारंगी पानी भोजन के उपरांत ले रहा हूं। अब मैं अपने आपको काफी स्वस्थ अनुभव कर रहा हूं।

12–7–89

✦✦✦

मैं आचार्यश्री की सेवा में कानपुर से 17 जून को आई थी। मेरे सिर में बहुत ही ज्यादा दर्द था, पेट में भी गड़बड़ चल रही थी। मुझे साधना करने में बड़ी कठिनाई हो रही थी। थानमल जी ने मुझे नीले रंग की दवा व हरे रंग की दवा दी। सिर में तेल की मालिश से ज्यादा लाभ हुआ। गुरुदेव की कृपा से इस समय मैं पूर्ण स्वस्थ हूं।

मीना भुतोड़िया

✦✦✦

मेरे हाथ में फोड़ा था जो कि बहुत भयंकर था, दर्द काफी था। थानमल जी बैंगानी (बीदासर) की रंग-चिकित्सा के तेल व दवाई के प्रयोग से 2–3 दिनों में ही आश्चर्यजनक लाभ मिला।

तत्वज्ञ वर्ग

पृथ्वीराज सकलेचा

✦✦✦

श्री ईश्वरचंद्र मित्तल, जो कुछ समय से रंग-चिकित्सा कर रहे हैं और इस केंद्र में आयोजित शिविर में प्रशिक्षण लेकर परीक्षा में सफल हुए हैं, उनके द्वारा की गई चिकित्सा के निम्नोक्त संस्मरण उल्लेख करने योग्य हैं :

मैं लगभग पिछले 20 साल से काफी परेशान रहा हूं। शुरू में मुझे कभी-कभी गुदा से खून आता था–कभी कम, कभी ज्यादा। लेकिन इस ओर मैंने कोई विशेष ध्यान नहीं दिया। 1976 से गुदा में खून ज्यादा आता व शौच के लिए भी दो-तीन बार जाना पड़ता। शुरू में Piles बवासीर के लिए इलाज (एलोपैथी) किया। कोई विशेष आराम नहीं रहा। धीरे–धीरे शौच के साथ आंव भी आने लगा। गुदा में शौच के बाद दर्द भी रहता। तब एक (भगंदर) बताया गया व उसके लिए ऑपरेशन भी कराया। लेकिन बाद में अमिबाइसिस के लिए इलाज कराया। उससे भी कोई आराम नहीं हुआ। पिछले 15 साल में दिल्ली के करीब सभी मुख्य डॉक्टरों को दिखाया। उनमें सर्जन, फिजिशियन व गैस्ट्रोलॉजी-विशेषज्ञ तक थे। कभी अमिबाइसिस का, कभी आंतों में सूजन का, कभी अल्सरेटिव

कोलाइटिस का इलाज लिया जिससे मुझे कोई आराम नहीं रहा। दो-तीन वैद्यों (आयुर्वेदिक) का भी इलाज किया।

जिस समय मैं श्री ईश्वरचन्द्र जी मित्तल से इलाज के लिए पहुंचा उस समय करीब-करीब हमेशा खून गुदा से आता था। कई बार तो मल की जगह गाढ़े खून से सना आंव ही आता था। सुबह-सुबह में तीर-चार बार शौच जाने के बाद भी शौच का प्रेशर बना रहता। यहां एक बात और विशेष है कि जब मानसिक तनाव ज्यादा महसूस करता, उस समय ये चीजें बढ़ जाती थीं। जब से मैंने श्री ईश्वरचन्द्र मित्तल से Color Therapy का इलाज शुरू किया मुझे सात-आठ दिन में ही काफी आराम महसूस हुआ। शौच मैं अब कभी एक बार व कभी दो बार जाता हूं। इसके अलावा जो सुधार हुए, इस प्रकार हैं :

1. खून, जो पहले सप्ताह में सातों दिन पड़ता था, अब सप्ताह में एक या दो दिन पड़ता है।
2. खून की मात्रा करीब 80 प्रतिशत घट चुकी है।
3. आंव मुझे अब शौच में नजर नहीं आता।
4. इलाज मैं अभी तीन समय खाली पेट हरा पानी व तीन समय भोजन व नाश्ते के बाद लाल पानी लेता हूं। नीला तेल सुबह शौच के बाद गुदा में लगाता हूं।

इलाज मैं अभी बराबर कर रहा हूं। मुझे विश्वास है कि मुझे इस पुरानी तकलीफ से छुटकारा मिल जाएगा।

विनोद कुमार अग्रवाल

बी-95, अशोक विहार, दिल्ली-110052

✦✦✦

अब से लगभग दो महीने पहले मुझे सारी छाती, पेट, गर्दन और पीठ पर लाल दाफड़ से हो गए जिन मैं खुजली भी होती थी। मैंने उसके लिए आपसे इलाज कराना शुरू कर दिया। आपकी आज्ञानुसार मैंने दिन में तीन बार खाली पेट हरा पानी (आधा गिलास) पिया, तीन-चार बार आपका दिया हुआ नीला तेल लगाया तथा प्रतिदिन एक बार पांच मिनट के लिए नीली दवाएं लीं। इस इलाज के शुरू करने के लगभग एक महीने बाद मुझे यह याद नहीं रहा कि मुझे कभी कोई ऐसी तकलीफ भी थी।

-शैलेज

✦✦✦

जय भिक्षु जय तुलसी

नोखा

5–8–1991

आदरणीय दादोसा एवं श्री धर्मानन्दजी

सादर ऊँ अर्हं।

यह जानकर आपको बहुत खुशी होगी कि यहां के निवासियों का झुकाव रंग-चिकित्सा की तरफ बढ़ रहा है तथा कुछ एलोपैथिक डॉक्टर भी ये इलाज कर रहे हैं, रिजल्ट काफी अच्छे आ रहे हैं।

गाय का शुद्ध देशी घी ब्लू रंग में तैयार करके जलन पर इसका प्रयोग किया है। घी ने नारियल तेल से ज्यादा अच्छा काम किया। घी को तल के पेट व पीछे रीढ़ की हड्डी के पास जलन पर लगा दिया था, रिजल्ट बहुत ही अच्छा आया है।

श्री पूनम चन्द जी ओझा–प्रिंसिपल–बा. छोटू नाथ जी सि. हा. सै. स्कूल नोखा उम्र 56 को सन् 1978 में टी. बी. का गलत इलाज होने से "एन काय लोजिंग स्पोंडेलाइसिस" हो गया था। रीढ़ की हड्डी का 7 व 8 वरटीब्रा जुड़ गया था इसके कारण पैदल चलने में कष्ट होता था। अब 2–3 कि. मी. पैदल चलने में कोई कठिनाई नहीं है।

पहले पैदल चलने पर पैर में भारीपन होता था, वो अब काफी कम है।

पैर सुन रहते थे, वो अब ठीक है।

इलाज–नारंगी तेल मालिश व हरा पानी।

बाई अनसुया उम्र 24 वर्ष के बचपन से ही हर साल सर्दी में हथेलियां लाल होकर (कट) फट जाती थीं तथा खून आने लग जाता था।

ऐसे ही एक बहन सुनी (मेरी भाणजी) उम्र 18 के, साल में कई बार हथेलियां फट जाती थीं इसको नीला वेसलीन लगाने को तथा हरा पानी पीने को दिया। अब बिलकुल ठीक है।

आपका

मोती लाल बैद

घेवर चन्द मोती लाल बैद

पो. ओ. नोखा मंडी-334803

जिला बीकानेर (राजस्थान)

✦✦✦

विगत लगभग दो वर्षों से मैं खांसी/दमा से पीड़ित चली आ रही थी और सारे शरीर को घातक विकारों ने घेर रखा था परंतु अध्यात्म साधना-केंद्र, छतरपुर, नई दिल्ली में आने पर मेरा कायाकल्प हो गया। इस परिवर्तन के लिए मैं महान आत्मा दादाजी श्री मोहन लाल कठोतिया की अति आभारी हूं जिन्होंने सूर्य किरण चिकित्सा, रंग-चिकित्सा एवं ज्ञानवर्धक प्रवचनों से मुझे रोग मुक्त करने की कृपा की है। इतना ही नहीं अपने स्नेह वात्सल्य से केंद्र के आवास की सभी सुविधाएं प्रदान करके न केवल मेरा मनोबल ही बढ़ाया है बल्कि मेरे प्रिय बच्चों को और आराध्य पति को यहां ठहरने और केंद्र की दिनचर्या में शामिल होने की अनुमति देकर भी मुझे अनुगृहीत किया है। मेरे पास वे शब्द नहीं जिनसे पुण्य आत्मा दादाजी का धन्यवाद कर सकूं।

विनीता

संतोष शर्मा

7/5, नीपा क्वार्टर, नई दिल्ली-110016

रंग-चिकित्सा का उपलब्धि केंद्र

अखिल भारतीय अणुव्रत न्यास द्वारा संस्थापित : एक परिचय

अध्यात्म साधना केंद्र

अध्यात्म साधना-केंद्र सुप्रसिद्ध ऐतिहासिक स्थल कुतुबमीनार के निकट (लगभग 4 किलोमीटर), गुड़गांव रोड, जहां पर सुप्रसिद्ध जैन श्वेताम्बर मंदिर (दादाबाड़ी) , सद्य:निर्मित अहिंसा-स्थल जहां भगवान महावीर की पद्मासन में तेरह फीट ऊंची भव्य प्रतिमा, महाप्रतापी पृथ्वीराज चौहान की राजधानी के खंडहरों तथा नवनिर्मित प्रसिद्ध देवी मंदिर के पास, साढ़े बारह हजार वर्ग गज जमीन पर स्थित है। इस रमणीक स्थान पर भव्य भवन का निर्माण सन् 1971 में हुआ था। इस पूरे भवन का प्रकार षट्कोणात्मक है जिसका अपना एक सांस्कृतिक और आध्यात्मिक महत्त्व है। इसके कक्षों में साधना करने वाले साधक के अपने विशुद्ध स्पंदन स्वयं को प्रभावित करते रहते हैं।

इस मनुष्य शरीर में असीम चैतन्य, आनंद और शक्ति के स्रोत विद्यमान हैं। वे बहुत गहराई में हैं, इसलिए वह अपने भीतर छिपी हुई सम्पदा का उपयोग नहीं कर सकता है। इसकी खोज ही अध्यात्म है।

अध्यात्म देश-कालातीत सत्य है। इसका बोध, अभ्यास करवाने

के लिए आचार्यश्री तुलसी के मार्गदर्शन में 'अध्यात्म साधना केंद्र' सन् 1965 में परिचालित हुआ था। इसमें अध्यात्म ही मुख्य हैं। इस केंद्र में साधना करने वाले साधक के लिए धर्म, जाति, वर्ण, लिंग या राष्ट्र का कोई भेदभाव नहीं है। सभी धर्मों के मौलिक आदर्शों का अनुपालन और आत्मसाक्षात्कार की ओर अग्रसर होने के लिए मार्ग प्राप्त करना ही इस 'साधना-केंद्र' का लक्ष्य है।

अध्यात्म जीवन से जुड़ा है, जीवन के हर व्यवहार से सम्पृक्त है। 'अध्यात्म साधना-केंद्र' अध्यात्म की गहराइयों में पैठने वाले साधकों के लिए तो हैं ही, साथ ही हमारे सामाजिक, राजनैतिक, आर्थिक व पारिवारिक जीवन में उठने वाले व्यवहार के धरातल के विभिन्न प्रश्नों, जटिलताओं तथा तनावों को भी दूर करने व उन पर विजय पाने का प्रशिक्षण व प्रयोग इस केंद्र में कराया जाता है। व्यक्तिगत जीवन में विविध कारणों से उत्पन्न हुई समस्याओं की उलझनों से उत्पन्न मानसिक-शारीरिक तनाव व अशांति से राहत पाने के लिए एवं भौतिक सामग्रियों के भोग-उपभोग से संतप्त जीवन को सुख और शांति की उपलब्धि के लिए केंद्र में विशेष प्रकार की मानसिक और आध्यात्मिक साधना कराई जाती है।

विभिन्न प्रकार की बढ़ती हुई बीमारियों की पीड़ा से त्राण पाने के लिए तथा दुष्प्राप्य व महंगी चिकित्सा से बचने के लिए साधकों को प्रेक्षा-ध्यान पद्धति के अनुसार योगासन, ध्यान, कायोत्सर्ग, अनुप्रेक्षा आदि के विभिन्न प्रयोग एवं प्रशिक्षण नियमित रूप से प्रातः एवं सायंकाल कराए जाते हैं। केंद्र में आयोजित शिविर में प्रेक्षा-ध्यान तथा सूर्य-किरण चिकित्सा का प्रशिक्षण दिया जाता है तथा सूर्य-किरण चिकित्सा के विशेष शिविर भी आयोजित होते हैं। केंद्र में अक्टूबर 1977 से यह चिकित्सा चल रही है जिससे देश-विदेश के सैकड़ों

साधकों को प्रशिक्षण मिला है। इस पद्धति को और प्रभावी बनाने के प्रयास चल रहे हैं। सूर्य किरण से तैयार औषधि (जल, तेल, चीनी आदि) का उपयोग साधकों के अतिरिक्त अन्य लोगों की चिकित्सा के लिए भी निःशुल्क किया जाता है। केंद्र के संस्थापक अनुभवी साधक एवं संयोजक श्री मोहनलाल कठोतिया जहां कहीं बाहर जाते हैं वहां पर भी यह क्रम चलता रहता है। इसके उत्साहप्रद परिणाम सामने आए हैं।

साधना की दृष्टि से आने वाले साधकों के लिए केंद्र में रहने और खाने के लिए अच्छी व्यवस्था है। दूध के लिए केंद्र में अपनी गोशाला है, साग-सब्जियों का उत्पादन भी केंद्र के उद्यानों में ही होता है। यहां के वातावरण को सुगंधमय और सुरुचिपूर्ण बनाने के लिए विभिन्न प्रकार के मौसमी और स्थायी फूलों के पौधे, लताएं आदि लगाए गए हैं। यहां गुलमोहर, आम, अमरूद, शहतूत आदि अनेक शोभाकारी एवं फल देनेवाले वृक्ष भी लहलहा रहे हैं। इनकी शीतल और सुखद छाया में जब साधक अपने आसन लगाते हैं तो उन्हें तनावमुक्त होकर अपनी चित्तवृत्तियों को एकाग्र करने में सहज सफलता प्राप्त होती है। वर्षों से साधना का क्रम निरंतर चलने से यह तपोभूमि बन गई है।

केंद्र का अपना पुस्तकालय है जिसमें लगभग तीन हजार पुस्तकें अध्यात्म, योग, चिकित्सा व अन्य विषयों से सम्बंधित हैं। वाचनालय में दैनिक पत्रों में हिंदी व अंग्रेजी के अलावा साप्ताहिक, पाक्षिक व मासिक पत्र-पत्रिकाएं भी आती हैं जिनका उपयोग केंद्र के साधकों के अलावा बाहर के व्यक्ति भी करते हैं।

साधना-केंद्र के प्रारम्भ से लेकर अब तक आचार्यश्री तुलसी एवं युवाचार्य महाप्रज्ञ के पावन सान्निध्य में विशाल शिविरों के आयोजन केंद्र के विकास में सहयोगी बने हैं। केंद्र में सामूहिक साधना के लिए

एक बड़े ध्यान-कक्ष की आवश्यकता प्रारम्भ से ही अनुभव की जा रही थी, उसकी सम्पूर्ति भी हो गई है। दिल्ली में अब साधना के विभिन्न स्थलों में साधना केंद्र अपना एक विशिष्ट स्थान रखता है। देश-विदेश के सैकड़ों साधक प्रतिवर्ष यहां साधना के लिए आते हैं। 'सर्व जन हिताय, सर्व जन सुखाय' को दृष्टि में रखते हुए साधना केंद्र निरंतर गतिशील है।

इस केंद्र में मिस्त्र देश के ऐतिहासिक एवं आश्चर्यजनक पिरामिड के आधार पर एक पुख्ता पिरामिट सन् 1990 में निर्मित किया गया है। इसमें अनेक प्रकार की सूक्ष्म शक्तियां स्वतः निरंतर उत्पन्न होती रहती हैं। विश्व के बड़े-बड़े वैज्ञानिकों ने इसकी खोज, जांच एवं अनुभव किए हैं और अनेक पुस्तकें लिखी हैं। है

पिरामिड में बैठने वाले की ऊर्जा जाग्रत होती है, ध्यान समाधि लगती है, रोग मिटते हैं तथा मानसिक शांति प्राप्त होती है। पिरामिड के और भी अनेक लाभ बताए हैं। जन साधारण केंद्र के इस पिरामिड का उपयोग करके लाभ उठा सकते हैं।

परिशिष्ट-2

रंग-चिकित्सा की कतिपय विदेशी पुस्तकें

1. **The Seven Keys to Color Healing,** by Roland Hunt. Harper & Row Publisher, Cambridge, Hagerstown, New York.
2. **Color Therapy** by Dr. Reuben Amber, 205, Third Avenue, 2-A, New York, N.Y. 10003.
3. **Color Therapy** by Linda Clark, Devin Adair Co., Old Greenwic, Conn.
4. **What Color Means to You,** by Ivan B. Whillen, A.M.I.C.A. (Damel)
5. **The Power of the Rays,** by S.G.J. Ouseley, L.N. Fowler Co. Ltd., 1201-1203, High Road Chadwell health, Ram Ford, Essex R M 64 D.H.
6. **Seven Mansions of Color,** by Alex Jones, DE VORSS & Co., P.O. Box 550, Marina del Rey CA 90291.
7. **Color and You,** by Rene Edovin (Dr. HYlton)
8. **Color in Health and Disease**, by C.G. Sanders F.R.C.P., D.Sc. C.W. Daniel Co., London,
9. **Color Meditation**, by S.G.J. Ouseley, L.N. Fowler Co. Ltd., London, England.
10. **Chromopathy,** by Jwala Prasad F.T.S.
11. **Chrompathy** (in Hindi) by Dr. D.N. Narang, N.D. (London), 34-E/23, Patel Nagar (East), New Delhi-110 008.
12. **Color Psychology and Color Therapy,** By Faber Birren, The Citadel Press, Secancus, N.J.

हिन्द पॉकेट बुक्स

ध्रुवस्वामिनी

जयशंकर प्रसाद हिन्दी के प्रख्यात कवि, नाटककार, कहानीकार, उपन्यासकार तथा निबन्धकार थे। वे हिन्दी के छायावादी युग के चार प्रमुख स्तंभों में से एक हैं। उन्होंने हिंदी काव्य में एक तरह से छायावाद की स्थापना की जिसके द्वारा खड़ी बोली के काव्य में न केवल कमनीय माधुर्य की रससिद्ध धारा प्रवाहित हुई, बल्कि जीवन के सूक्ष्म एवं व्यापक आयामों के चित्रण की शक्ति भी संचित हुई और *कामायनी* तक पहुँचकर वह काव्य प्रेरक शक्तिकाव्य के रूप में भी प्रतिष्ठित हो गया। बाद के प्रगतिशील एवं नयी कविता दोनों धाराओं के प्रमुख आलोचकों ने उसकी इस शक्तिमत्ता को स्वीकृति दी। इसका एक अतिरिक्त प्रभाव यह भी हुआ कि खड़ी बोली हिन्दी काव्य की निर्विवाद सिद्ध भाषा बन गयी।